Jean-Louis Coatrieux

Quand le corps fait défaut

Cahier d'une vieille dame

Préface de Pierre Tanguy

Collection **Arpents**

Riveneuve éditions
Bretagne

À toutes celles et tous ceux qui savent
se pencher sur des regards inquiets,
aider à s'habiller et se nourrir
tous ces matins, ces midis et ces soirs
incertains,
et qui leur apprennent ainsi
à parler encore au futur.

Préface

Écrire sur les siens. Creuser dans la mémoire collective en nous parlant de « L'intérieur des terres ». Témoigner de ses passions littéraires : Grall, Robin, Perros, Hikmet, Lorca…[1] Au fond, dire ce que la vie et la lecture ont fait de lui. Jean-Louis Coatrieux ne dévie pas de cette aventure littéraire qui est la sienne. On en retrouve ici la marque dans un livre ambitieux sur la vieillesse de sa propre mère.

Ambitieux et risqué car l'auteur a pris le parti de se mettre dans la peau de la « vieille dame » dont il est, en quelque sorte, le scribe. Mais la qualité du texte est à la hauteur du risque pris. Jean-Louis Coatrieux a trouvé le ton juste pour en parler, dans un ouvrage dont on peut, en réalité, faire plusieurs lectures.

C'est d'abord – et cela saute aux yeux – un livre sur ce qu'on appelle « le grand âge », avec tous les symptômes (les naufrages ?) qui le caractérisent. « *De la souffrance peut-être. Surtout une fatigue immense* », fait dire Jean-Louis Coatrieux à sa mère. Il y a, aussi, *« la peur de tomber »* et *« les pensées qui tournent en boucle »*. Il y a la lassitude. Une pro-

1. Les ouvrages auxquels il est fait référence sont publiés à La Part Commune.

fonde lassitude. *« M'endormir. Oui, juste ça. M'endormir »*. La solitude, également, malgré les visites de la famille ou la sollicitude du personnel de la maison de retraite (ce *« refuge à mourir »)*. Enfin, c'est l'état d'alerte. *« Au début j'ai caché mes mains. J'avais honte de trembler à tout bout de champ »*. La peur sourde de cette maladie qui fait peur à tous.

Le rapport est « clinique ». Mais sans pathos. Si la plainte est bien là – celle que l'on connaît chez toutes ces vieilles personnes dont le corps commence à « faire défaut » – elle n'est jamais envahissante. Jean-Louis Coatrieux, inlassablement, est à l'écoute de sa mère. À son chevet, il ausculte ses attentes comme ses sursauts d'angoisse. *« L'angoisse si proche de la mort. Même les vieux devraient aller par deux pour partir »*. C'est l'évocation du mari disparu que la vieille dame aspire à retrouver vite.

En approchant la figure du père, l'auteur rattache sa mère à la saga familiale. Et, plus encore, à celle de tous ces gens ignorés par l'histoire mais qui auront assumé, avec humilité et dignité, leurs vies d'hommes et de femmes. C'est la deuxième lecture que l'on peut faire de ce livre car il nous parle, au fond, des gens « de peu », des obscurs, des sans-grade. *« Je suis née à Locuon, en Morbihan »*, raconte la mère. *« La terre ici était pauvre et les vivants plus encore »*. Ce qui n'empêchait pas des bouffées de bonheur *« au rendez-vous des collines »*. Car, explique encore la vieille dame, *« nous savions tout de la grammaire de la terre et du temps, des nuages de soleil ou de pluie, comment les rendre encore plus vivants, comment ils fusionnaient les corps au travail en gestes plus libres encore »*. C'est l'amour d'un terroir (le Centre-Bretagne), l'amour d'un pays, qui éclate ici. L'auteur le dit par la bouche de sa mère.

Mais la vie reprend ses droits et sait vous prendre en traître. Voici la guerre. La séparation, les deuils. Voici l'exil. Paris. Oui, de tout cela, faire mémoire.

Il y a, dans ce nouveau livre de Jean-Louis Coatrieux – et c'est la troisième lecture qu'on peut en faire – un profond sentiment de gratitude. On peut donc y voir, avant tout, un livre sur l'amour filial et sur la force des liens du sang.

S'approcher d'une mère à la fin de sa vie, c'est, d'une certaine manière, revenir à grandes enjambées vers son lieu de naissance. Comme l'enfant à naître qui sait tout des tressaillements de la femme qui le porte, l'auteur investit le corps de sa mère. Et il s'apprête à aborder une nouvelle phase de son existence, quand celle qui lui a donné la vie ne sera plus là.

Ponctuant son livre de courts poèmes – comme pour reprendre souffle à la manière d'une parturiente – il dit à la fois son angoisse et son attente de la délivrance. Pour sa mère, il formule un vœu. Tout simple. *« Est-il possible de mourir/Les mains nues/En plein silence/Un soir doucement »*. N'est-ce pas ce que nous voudrions tous partager ? On voudrait qu'il soit exaucé.

Pierre TANGUY.

Tu vis donc se fermer, plein d'adorables choses,
Ce livre, ta jeunesse, et se mourir les roses
Du jardin, d'où l'oiseau d'hier s'est envolé...
– Où, pourquoi, qui le sait? Où s'en est-il allé?

Omar Khayyam

Ces moments de couleurs heureuses emportant les oiseaux en voyage, ces ciels gris laissant échapper averses et orages, vous les connaissez. Le nom ici – le mien ou le vôtre, qu'importe – une simple façon d'habiller une présence. Nous parlons si peu de nous que tous ceux qui nous entourent finissent par croire que nous n'existons pas. Des copies, des ombres, multipliées à l'infini, une foule en somme que personne ne voit, transparente aux regards, sans visages, sans signes particuliers.

Les journées passent, et la vie tout au bout, sans que nous prenions jamais la parole. Nous sommes des héritiers sans héritages, rêvant de gagner pour nos enfants à la loterie et à tous les jeux de grattage, ballottés au gré d'un temps toujours plus occupé jusqu'à nous rejeter tout en bas, au loin, là où les banlieues n'ont pas choisi de commencer, là où les villages n'ont pas décidé de finir. Nos entrées et nos sorties dans le monde se font discrètes mais elles laissent une place pour sauver la mémoire ou, au moins, pour ne pas la payer au prix fort. Cet étonnement d'être vivants, ce commerce incertain avec les autres, nous pourrions l'appeler notre histoire si ce mot n'était pas trop grand pour nous.

Lisez ce livre. Le « je » n'a aucune importance. Il est à vous. Le temps de traverser librement l'écriture, de vous prendre aux mots en silence comme on se jette à l'eau. Vous aurez d'autres lieux de naissance, des enfances et des adolescences bien à vous. Seront-ils si différents ?

Vous aurez tourné comme moi les pages de ce calendrier piqué au mur en le remettant droit d'une main maladroite pour les fêtes des mères et les anniversaires des enfants. Surpris entre vos doigts la lumière sur ces faux bijoux à étages autour du cou auxquels vous tiendrez par-dessus tout. Vous aurez écouté l'âge passer le corps. Les quelques feuilles de vos courriers, reçues ou envoyées, seront hésitantes, raturées, mais pour l'essentiel vos archives seront photographiques et orales. Des faits, lorsque nous en parlerons, auxquels vous penserez en fermant les paupières souvent seules au feu du soir, pour certains à moitié coupés et d'autres réinventés, des faits qui peut-être ont eu lieu et pour beaucoup n'ont plus cours.

Ces éclats d'une surface inégale, la plupart insaisissables, nous encombreront de leur présence. Ces paysages humains, regardons-les ensemble. Passions et rêves, échos des voix et des gestes, décolorés ou tachés de soleil, eaux noires et bois flottants, musiques de l'air du temps, ce pêle-mêle sur lequel nous revenons malgré nous, malgré tout, chroniqueurs en mal d'histoires joyeuses ou tristes, de causeries impatientes et de monologues emportés fugacement sans que nous sachions bien pourquoi sur notre passage. Ce chemin dont finalement nous ne connaissons pas grand-chose s'appelle simplement une vie. La vie.

La vieillesse s'est imposée tranquillement en commençant par visiter les lieux. Au début, elle me faisait un peu peur. À la longue, je m'y suis habituée. Nous partageons les petits faits du jour, nous accordons nos souvenirs, nous nous mentons aussi pour tenir le temps et s'éviter trop de questions sans réponses. Maintenant, je la sens au moindre mouvement tirer la peau, cette pellicule de verre transparent, plissée si fine, terrifiante quand je la regarde dans sa fragilité même.

Elle n'ignore plus rien de mon corps et de ses manquements. Elle l'écrit dorénavant à l'encre bleue au point que les mots pour les décrire lui appartiennent. Je la sens vivre à l'intérieur et survivre provisoirement comme moi. Une étrangère, aussi malheureuse et autant angoissée, désormais familière. Clandestine embarquée pour un dernier et court voyage. Si seule dans son refuge. Sourde à toute promesse.

Elle ne me juge pas, n'attend rien de moi. Ni paroles de réconfort se sauvant des autres, ni mots sautillant de bonheur. Aucune revendication d'un territoire pour elle seule. Nous nous comprenons, voilà l'essentiel. Cette réalité à laquelle nous nous sommes attachées, tous nos proches la rejettent.

Définitivement ailleurs. Et pourtant, nous continuons à respirer, à manger ou à pleurer ensemble. Nos conversations se murmurent, se prolongent. Des histoires gaies ou tristes, faussement vraies ou vraiment fausses. Par faiblesse ou par défaut, et parfois, rarement, un excès d'optimisme. Inutile de chercher plus avant un porteur des possibles demains, la frontière ici se devine. Quoi qu'il en soit, aujourd'hui comme hier, la vieillesse est bien là, avec moi, comme si de rien n'était, comme si tout cela avait encore un sens.

Cet après-midi tout près
Le soleil
Nous nous sentons moins seules
Dans sa lumière

Nos yeux se ferment doucement
Sa chaleur nous enferme toutes les deux
Dans mon corps

Nous attendrons la nuit
Elle viendra

Comment n'être plus qu'en sursis ? Pas du désespoir, non. De la souffrance peut-être. Surtout une fatigue immense. Et des douleurs persistantes ou par à-coups. Le corps, cette maison de papier à laquelle manque maintenant toute la reliure du monde, une manière de vivre avec le temps à bout de bras et de vouloir le saisir encore. Ce temps est devenu tellement familier que je suis incapable de le reconnaître. Les jours, les nuits, les premiers printemps si vite franchis, les automnes à peine salués. Ils m'appartiennent certes en partie comme à tous ceux qui se trouvent ici, qui tentent maladroitement de les cacher dans leurs habits bon marché et, pour certains, laissés généreusement par d'autres lorsqu'ils sont partis.

Je ne savais pas alors que nous étions heureux. Personne ne pouvait situer précisément notre royaume, ses dessins sur des collines consentant un espace aux vivants, ses rivières aux profondeurs mouvantes, ses lumières endormies sur des marchands de rêves, son commerce silencieux où se troquent le sel amer, les fruits chargés d'eau, surtout les pierres brillant de cristaux noirs et bleus et les longues histoires suivant les chemins entre les dunes et les rivages d'un atlas très ancien. Ce pays, de ciels blancs et de gris souvent, épousait deux mers dont les vagues creusaient avec une habileté incroyable les lettres d'une côte à l'alphabet mystérieux. Sa carte par grands vents s'ouvrait sur les marées, qu'elles soient hautes ou basses, des failles et des éclats de roches, elle éparpillait des îles au loin, orphelines de toute lecture humaine.

Ce matin, j'ai écouté la pluie. Longtemps. Pour une fois, personne n'est venu me déranger. Je la sentais douloureuse, comme si elle voulait me parler en se tenant de l'autre côté de la fenêtre, inventer une autre vie tout en y mêlant un peu de la mienne. Le bruit des gouttes insistait discrètement, elles traçaient des lignes sur les vitres, des contours, j'y devinais des visages comme floutés en surimpression. J'étais assise à ma place habituelle et cette eau n'en finissait pas de m'envahir, de me traverser. Je me revoyais portant l'enfant que j'attendais avant la guerre, tout mon corps tendu vers sa naissance, mes mains caressant la tête que je sentais bouger, tous ces gestes étranges pour le retenir encore d'un monde qui nous avait volé tant d'années.

La pluie parfois arrive trop tôt ou trop tard. Là, cependant, assise et silencieuse, elle était à moi, elle me faisait signe d'oublier le présent, de m'abandonner à l'évidence. Un miroir. Tant d'occasions manquées, tous les miens effacés et pas assez aimés, tous les possibles devenus avec le temps méconnaissables. Plus rien non plus pour me protéger dans ce lieu où maintenant je suis. La pluie, je le sais, je la sens, va durer et elle me dit que je n'ai plus d'urgence à vivre.

Une carte postale est arrivée aujourd'hui. J'essaie d'imaginer combien de mains l'ont touchée avant les miennes. Je tente de me persuader contre toute évidence qu'elle était pour moi seule. Mais elle est nue, sans cette enveloppe la protégeant de regards curieux. Je n'aurais pas le plaisir de glisser lentement, avec délicatesse, la pointe du couteau ou d'un crayon derrière le rabat et d'entendre le crissement du papier se déchirer.

C'est un paysage de montagnes blanches qui m'est envoyé. Il doit être difficile d'y vivre dans ses hauteurs et ses creux s'enroulant les uns aux autres comme pour mieux éloigner ceux qui les habitent. Un demi-espace à gauche trop grand pour les quelques mots mis à plat au dos et le « Je t'embrasse, Grand-Mère ». Un prénom en guise de signature.

Un télégramme en somme. Simple et court, taillé d'un coup dans un matériau tendre et pourtant si dense, une tentative de haïku, peut-être. Il me faudra lire entre les lignes ce qui n'est pas écrit. À quel essentiel, à quelle ignorance du monde, cette carte peut-elle ainsi répondre ? Je n'en ai pas la moindre idée. Ici, dans notre pays ou un ailleurs beaucoup plus loin.

Raconte-moi.
Je sais que tu es allé
Là-bas, à Carthagène
Et après jusqu'à Valparaiso

Raconte-moi.
Tes jours, un jour
Je te dirai que je suis
Vivante, même si
Ce n'est pas une vie

Raconte-moi.
S'il te plaît
Ces feuilles tombant
Des arbres et du jour

Raconte-moi.

Certains jours sont plus longs que d'autres. Guère de rangement à faire. Seuls quelques objets à me tenir compagnie. À quoi bon se plaindre puisqu'il n'y a personne à écouter. Une question d'habitude, celle de garder la maladie enfermée au plus profond dans ma tête, celle d'une défaite promise, annoncée, des tremblements à n'en plus finir, incontrôlés, définitivement incontrôlables. Un double de moi-même, une dernière phrase à consentir au temps. Qui a dit que vieillir, c'est avoir un âge ? Simone de Beauvoir ? Les jeunes le veulent avant l'heure, ils prétendent même avoir tous les âges et ils ont après tout peut-être raison.

Je me souviens de mes premières rides, je me trouvais belle, épanouie, presque rajeunie. Un coup de jeune, une saison des couleurs en miniature, cette bouffée d'air qui vous fait dire que c'est le moment où jamais. Se mentir devient familier, il réinvente le présent, il autorise à vivre un peu mieux, à s'apprivoiser encore.

Et puis, tout doucement, tout aussi sûrement, le corps s'est affaissé, amolli, il n'ignorait rien de son déclin en y perdant toute maîtrise. La seconde moitié du chemin largement entamée sans avoir l'impression que la première ait été simplement ébauchée. Et soudain le temps n'est plus nouveau. Il pèse de tout son poids. Il ne renonce pas pour autant à passer comme s'il voulait de force prendre la main tendue et maintenant ralentie. Ce n'est qu'après que les douleurs sont venues.

Julie va arriver dans un instant pour ma toilette, je vais la regarder aller et venir, si vive, si légère. J'envie son énergie et sa gaîté. Elle chante sans le savoir ou c'est moi qui entends des voix. Un oiseau dans ma cage avec toute sa lumière. Nous nous parlons peu. Presque toujours les mêmes mots. Mon déjeuner. Mes médicaments. Le temps qu'il fait et fera. Elle fait partie de mon existence quand beaucoup d'autres en sont sortis.

Il me reste, collés aux murs la part d'un poème d'Apollinaire et de Mirabeau, les cris de Baudelaire et d'Artaud. Et elle. Sa coupe de cheveux lui va bien, des mèches courtes, blondes et discrètement frisées. Un visage plutôt allongé et une bouche bien dessinée. Je la verrais bien dans un Monet ou un Renoir aux rondeurs et aux poses troublantes si elle ne portait pas sous sa blouse cet affreux Jean au bleu râpé et blanchi sur les jambes.

La première fois qu'elle m'a déshabillée, nous partagions la même retenue maladroite, ces gestes hésitants à se livrer en nous penchant l'une vers l'autre. Ce fut long. Plus long encore d'enfiler ensuite mes habits. Malgré la légèreté de ses mains. Comment peut-elle être aussi tendre avec moi ?

S'asseoir est un exercice aussi épuisant que marcher. Il faut s'approcher à petits pas, le dos tourné vers la chaise ou le lit, se placer un peu en retrait, écarter l'affreux instrument à marcher et, quand tout est assuré autant que faire se peut, soudain se lâcher. Cela s'apprend. La tête trouve alors sa place tranquillement, son appui, sans heurter, dans un soupir de bien-être.

Car la crainte de l'échec est toujours là, cette peur même de tomber et ne pas pouvoir appeler. Ceux qui vivent ici savent combien elle coûte. À peine posée, je ferme les yeux, je me sens partir en silence. M'assoupir rend les murs de ma chambre flous, les objets quotidiens se déforment derrière mes paupières jusqu'à troubler la lumière puis tout s'efface complètement.

Des années d'un sommeil lent et, au bout du compte, pas plus de force, pas plus d'espoir. Les rares visiteurs disent que mon visage endormi est paisible. C'est qu'ils ne savent pas, ils ne peuvent pas comprendre. J'ai l'impression que je ne dormirai jamais assez ou que je peux dormir toujours.

Bien sûr, il y a les insomnies, celles-là tiennent en éveil des nuits entières le passé. Les parfums d'un feuillage ordinaire mais d'un beau vert printemps, la peinture des volets et de la grille à sécher au soleil, le rideau soulevé à l'encoignure de la fenêtre, tes bras qui m'entourent. Ils sont mon présent. Je voudrais que ma vie s'arrête à ces instants, je le voudrais tellement.

Il y a ton visage à l'aube
L'odeur du bois coupé
La veille

La chaleur tout autour
S'est glissée entre nous
Nous attendons silencieux

La première parole du jour
Se prépare déjà
Dans la pénombre

Tous ceux que vous croiserez ici vous diront que je vais bien. Mes bouts de papier s'égarent souvent mais la mémoire accroche encore les adresses, les noms et les prénoms, toutes ces petites choses me donnant l'apparence de vivre avec les autres.

Je tiens les jours sur mon cahier. Tenir est un verbe singulier. Il vous obstine à vouloir prolonger le temps encore. Combien importe peu, il est déjà trop long. Les visages, se rappeler les visages est plus difficile. Les photographies seules peuvent les reconstruire en images, si évidents alors.

La mère, le chignon roulé sur la nuque, les mains volant agiles sur les aiguilles, le père penché vers le feu tirant pensivement sur sa moustache un monde inconnu de nous. Si loin tous les deux, comme mes sœurs et mon frère.

Je voudrais marcher avec eux d'un pas vif, sortir de cette immobilité assise persistante, sentir la chaleur de leurs mains serrées, tout reconnaître des épaules où me réfugier. J'ai la gorge nouée en y repensant. Aujourd'hui, l'oreille est si faible que je doute des voix et des mots. Tout ou presque est maintenant silence.

Les mouches n'arrêtent jamais et j'ai trop peur de savoir ce qui peut les attirer ainsi. Elles s'attardent sur mes mains et jusqu'à mes paupières dès qu'elles sont baissées. Je les sens dans mes cheveux, sur mes vêtements. Beau les chasser d'un geste, elles reviennent aussitôt, elles n'ont que cela à faire, matin et soir, printemps comme été. Je suis leur terrain de jeu. Un ballet ininterrompu entre les murs, la table et moi. Je les suis du regard.

Mes armes ne sont pas assez dissuasives et mes gestes trop lents pour les menacer vraiment. J'aurais lutté contre leur envahissement avec les recettes de ma grand-mère, l'huile de laurier, des feuilles de noyer, les oignons frais, du camphre. Tout sauf cette suspension collante suspendue en l'air et maintenant introuvable. Rien à faire. Elles continuent à me narguer en lissant leurs ailes si finement veinées, à m'observer avec insistance de leurs yeux gonflés. À croire qu'elles sont chez elles et que je les dérange.

Je retirerai volontiers toutes les expressions de notre dictionnaire autour des mouches, vulgaires ou péjoratives, verbes et adjectifs compris, qui nous viennent si facilement à la bouche, pour peu qu'elles acceptent de m'épargner leur présence. Je les collerai de bon cœur au poème de Queneau appris et récité autrefois à l'école. À moins que ce soit au théâtre de Sartre et à son Dieu Jupiter. Elles ne les empêcheront pas la nuit de dormir.

Je me suis réveillée sur un rêve. Nous venions d'acheter pour une bouchée de pain une maison à un ami en partance. Il l'avait quittée en laissant meubles et affaires trouvés à son arrivée. Pierres de granite et fenêtres étroites, une vraie maison ignorant le temps sauf par son intérieur un peu délabré, imposante par la taille, peut-être d'anciens négociants en fin de siècle dans une métropole provinciale. Elle était isolée du voisinage par un terrain en friche planté d'arbres au moins centenaires et d'hortensias penchés sur une existence fatiguée.

Le contraste entre dedans et dehors, ce mensonge ordinaire, devait avoir à mes yeux le charme désuet dans lequel il fait bon vivre. Une cuisine alignait ses fourneaux massifs et un évier encombré d'assiettes sales, au milieu une grande table en chêne creusée par des années d'usage et, de l'autre côté d'un couloir sombre, un vaste salon au rez-de-chaussée où s'entassaient des buffets d'un autre siècle. Une cheminée tout juste sortie du Moyen-Âge, avec ses jambages majestueux taillés d'un seul tenant et surmontés d'une simple poutre, occupait une large part d'un des murs.

D'autres pièces en enfilade complétaient un ensemble sans caractère. Les cloisons en bois de l'étage, couvertes de papiers peints démodés à fleurs vives, ouvraient vers de larges espaces hauts de plafond. L'obsession du rangement n'avait pas eu cours ici. Baskets et chaussures de ville par terre, vêtements et linges de toutes sortes éparpillés sur les chaises et les canapés, cagibis à moitié dissimulés bâillant sur des malles remplies de jouets et de livres, de matelas hors d'usage, de meubles en partie démontés.

Cette maison avait décidément vécu sa vie. J'imaginais les courses d'enfants renversant de leurs rires la comédie des adultes, hésitant à choisir dans quel désordre et quel jeu de rôle se cacher pour un bref instant de bonheur.

Je m'attelais au grand ménage, vidais les débarras, époussetais, passais balai et serpillière, redressais les tableaux de guingois. J'avais appris par cœur ces gestes, ils se confondaient à la longue avec le lever, la toilette, s'habiller ou se coiffer, toute cette mécanique très machinale. J'entretenais un vague monologue à frôler les objets, leur prêtant dans leur nudité une mémoire qui n'était pas la mienne, des jours qui ne servent à rien dans leur immobilité inconsciente ou des sautes d'humeur domestiques.

De temps en temps, quelques phrases d'une chanson fredonnaient dans ma tête, de ces mélodies aériennes destinées à passer et qui s'obstinent à trotter dans l'air malgré tout. Le travail avançait à leur rythme et, il faut bien l'avouer, sans m'avoir amenée nulle part. Les odeurs d'eau de Javel fouettaient l'air entrant par les fenêtres ouvertes. Je fouillais aussi les papiers et les livres au cas où de vieilles lettres oubliées entre les pages me livreraient des histoires au moins humaines, mélancoliques ou graves, amours de trop ou amitiés manquées, certitudes et innocences, tous ces passages nerveux de l'un à l'autre, ces rendez-vous promis des uns vers les autres.

Cela faisait des heures que tu étais parti avec les enfants. Vos bruits me manquaient brusquement.

Je n'avais plus la force d'avancer le futur et soudain, le présent me rattrapait. Immédiat. La nuit se cachait derrière elle-même comme si rien ne s'était passé. Cette angoisse âpre, plus rugueuse quand elle remonte à la gorge. Beau y être préparée, beau serrer les dents, elle s'étendait et déchirait tout l'intérieur. La dernière fois, les ombres m'avaient prise la vie, pièce par pièce, lentement, me torturant jusqu'à la fin.

Il me fallait fuir de cette maison en courant, vous rejoindre. Les rues désertes étaient autant de veines ouvertes à conquérir la terre. Je tournais en rond, j'avais perdu mon chemin. Les maigres passants que j'arrêtais ne vous avaient pas vus. Oui, un grand monsieur, deux enfants, l'un adolescent, l'autre petit et frisé, très bruns tous les trois. Vous m'échappiez sans que je puisse revenir sur mes pas. La pluie camouflait mes larmes, je courais toujours, la peur, seule, devant, derrière, partout autour de moi. Je voyais vos visages. J'ouvrais la bouche. Un vide absolu. Je criais.

Je me suis réveillée. Les cheveux en bataille. La peur à côté de moi. Et le noir. « Tout va bien, oui, tout va bien ».

Nous avons habité un immeuble, un bien grand mot en l'occurrence, où les murs ne portaient que leurs noms et résonnaient des disputes de voisins s'étouffant entre des cris d'enfants en mal de devoirs et poussant la radio jusqu'à pas d'heure. Il ne fallait pas avoir le sommeil léger. Les spectacles jours et nuits étaient gratuits et les loyers modestes. Nous y avons appris que le silence avait un prix et que devions ici l'oublier.

Un deux-pièces, troisième étage, l'eau sur le palier, la première porte à gauche. Tout en haut de marches branlantes. Impossible de le manquer. Curieusement, il y faisait bon vivre. Une vraie solidarité de cour des miracles avec ses soupes partagées, les seaux de charbon montés de la cave, les courses à faire pour les malades. Des ouvriers, des sans-emploi. Des arrivées et des départs précipités. Les amours habituels de passage.

Des conversations de couloir et d'escalier. « Vous avez entendu hier soir ? » Elle souriait, ses mèches d'habitude un peu folles ramassées cette fois en queue-de-cheval. « Non ? La police en face. Certainement une bagarre d'ivrognes ou un vieux tabassé. C'est dans le journal, paraît-il ». « Je passe te voir plus tard, 11 heures, ça t'irait ? ».

Les gens n'avaient pas d'après, je veux dire d'après plus heureux, de ceux qui font rêver une vie meilleure. J'avais pour nous mes trente ans et ton fils, une naissance d'avant-guerre à grandir sans toi. Là, et malgré la pauvreté, nous nous sommes aimés et rien d'autre n'avait besoin d'exister.

La musique brûle
La peau
Comme voilée

Sa griffe
Contre le temps
Le pas impossible
L'infini n'est plus

Tu réapprends
À marcher
Tremblante dans les autres
Le passé
Tu sais déjà
Que tu es ailleurs

Le temps passe sans qu'il ne se passe rien. Je lui parle à voix basse quand il devient silence. Je l'attends, je le devance même souvent. Les yeux parcourent l'espace comme s'il était la première phrase de chaque matin. Le lit en creux, la table aux pieds carrés, le petit meuble où je range mes tasses et les gâteaux, le sucre et le miel, le regard glisse jusqu'à la fenêtre, revient vers l'intérieur, la télévision, le casque d'écoute remis en charge hier. Des photos flottant dans des cadres éparpillés partout ou accrochés aux murs. De petits repères, des détails pour me sortir péniblement du sommeil.

Mon corps est lourd. À ce moment précis, je ne sais pas si mon nom veut me dire encore quelque chose, si j'ai eu vraiment une histoire, ces cicatrices inaugurales de l'adolescence et définitives avec l'âge. Le monde, l'avant-dernier, affleure en transparence. Je lui prête trop d'humanité. Un leurre ou une variation de plus. Me défaire des douleurs ou les accepter, mille fois reprises, leur présence lancinante, interrogative dès que je ferme les yeux. Il y a entre nous, une sorte de fascination et, pour un peu, je m'inquiéterais de savoir si elles vont bien, si je suis malgré elles, malgré moi, encore vivante.

Ce refuge pour mourir est à vrai dire assez confortable. La table est copieuse à défaut d'être toujours selon mes goûts. Il n'y a plus de rôle à jouer ni à attendre. D'ordinaire, et l'ordinaire est ici la règle, les services commencent à midi et à six heures trente.

Les valides attendent depuis un bon moment dans le couloir, en rang d'oignons, un rang exactement réussi, certains y passent même leur temps en mâchonnant à l'avance sans intention aucune et ne manqueraient pour rien au monde le goûter du quatre-heures pile.

Les autres arrivent, tranquillement poussés dans leurs fauteuils, sans que personne ne sache s'ils viennent au repas de bon cœur ou simplement résignés. Les mots échangés se limitent à l'heure qu'il est ou au sel à passer. Les codes sont réduits à leur plus simple expression. La parole est absente, elle passe par les regards, parfois encore vifs, souvent plutôt éteints. Chacun surveille le voisin et attend discrètement sa part à manger.

Les pensées tournent en boucle et ne se paient plus de mots. Des idées fixes, des gestes maladroits. Nous sommes condamnés à vivre ensemble, à marcher dans les couloirs à petits pas précautionneux et à nous saluer sans nous reconnaître. Il faut bien faire semblant.

Impossible d'ajuster mon fauteuil. Cela m'énerve au plus haut point. Cette tyrannie des moindres objets dont je me sers encore est insupportable. Il a, ce fauteuil, la manie absurde de basculer au moment de m'asseoir et, les fesses tout au bord, mon torse s'inclinant dangereusement en arrière, je me vois sans le vouloir parler au plafond.

Je sais déjà que me redresser relèvera de l'épreuve. Les bras ne sont plus d'aucune aide ou presque. La colonne adopte avec désinvolture des positions insoupçonnées, vrillant encore plus le corps. De là, en baissant la tête, je peux à peine deviner sur la table le bol de café et le sucrier, le bouquet de fleurs. Je les fixe suffisamment à longueur de journée. Ils ne m'inspirent pas autre chose que des pensées de nature morte.

La seule concurrence est la pendule. Elle ne renonce jamais, tricotant les secondes, puis bouclant les minutes et allongeant définitivement les heures. Elle fabrique pour mes petits-enfants du temps de bonheur. J'attends ainsi. En espérant une visite, un appel, bref un signe même minuscule d'un quotidien qui, selon toute vraisemblance, n'aura jamais lieu. Habiter l'absence est au-dessus de mes forces. Je ferme les yeux. Il est 14 heures. Je ne m'inquiète pas encore. Pas trop.

Quelle robe aujourd'hui ? La bleue sans doute, avec mon corsage à fleurs et mon gilet rouge pour ses poches et mes mouchoirs. Qui vient ce matin m'habiller ? Ce n'est pas Julie, peut-être Raymonde, ou bien Valérie ? Oui, Valérie, je crois, une stagiaire. Les cheveux longs mis en nattes. Des yeux d'un ciel de soie presque mauve. Je me regarderai disparaître dedans. Assez grande sans l'être vraiment, ronde de partout et jusqu'aux joues.

Ce sera un habillage un peu sommaire, sans doute et même un peu de travers, il lui manque encore ce doigté acquis de la routine. Je trouve mes cheveux depuis quelque temps trop aplatis. Ils sont à vrai dire plus rares mais le temps de malheureux bigoudis, ils devraient cacher la misère. À mon âge, il n'est plus question de changer radicalement son existence.

Valérie me parlera de son fils, il a grandi, deux ans déjà. Elle vit dans sa lumière. Elle racontera des choses sans importance. De menus événements du village passés inaperçus dont elle fait la matière de son journal. Son grand livre de petite fille puis de femme qui a donné une vie et lui en rend une autre.

Tiens, elle aura changé de parfum. Il sera passager et pacotille de supermarché comme le mien. Un léger maquillage et une trace de rouge à lèvres. Voudrait-elle séduire ? Un nouvel amour fou délivrant furtivement cette part érotique de femme ? Une horloge, loin, sonne dix heures. Elle ne va pas tarder. J'entends sa voix. Je suis assise.

Les vêtements étalés sur le lit attendent, inertes,

des doubles bien trop grands pour la représentation à venir. S'excusant presque d'en faire partie. Oui, ils sont là à n'être rien. Suivre les jours est diablement éprouvant.

Les moineaux ont réservé
Leurs places de printemps
Les premiers
Dessinent en creux
Le vent et le froid
Sans douter
Du ciel et du temps
Ils volent

Je n'imagine plus les informations sans leurs questions soufflant le chaud et le froid, entre tragique et dérisoire. Tout s'y résume à des affrontements, des morts, des cataclysmes, la famine, des faits divers aussitôt ensevelis sous une couche d'indifférence. Personne ne s'appartient plus dans l'urgence et la violence. Je les ai connues et, de mémoire, ce n'était pas mieux avant. Vient un temps où enlever tout crédit à l'humain.

Pourtant, impossible de consentir à la fatalité, la révolte et la honte sont à ma porte et je les comprends. Des mots forts, fiévreux, interdits. Des points d'hésitations, d'arrêts, d'attentes, des moitiés de mondes cisaillés, quatre-vingts ans peut-être ou plus depuis mon adolescence, de regrets, de remords et d'oublis.

Des noms aussi qui tiennent en quelques syllabes toutes leurs vies pour ne pas vraiment mourir et qui doivent finalement vous laisser. Et tous ces arrangements inavoués, mensonges et réinterprétations perdus entre lumière et obscurité, après coup encore incompris, vous tirant par la main. Vers la fin.

Il n'est pas donné à tout le monde d'entendre des chansons d'avant-hier tourner en rond dans sa tête. Un vrai chœur, des rimes courtes, de la puissance. Aucun répit dans leurs battements nerveux. Une porte entrebâillée, un portail ouvert sur de l'eau si longue à venir et qui se décide ensuite à courir.

Je n'ai ni phonographe, ni disque à saphir et pourtant, elles volent dans les airs, prennent de l'altitude. *Le temps des cerises. Les roses blanches.* Des succès que nous avons pleurés le dimanche. *« Quand les filles sont belles », « je suis seule ce soir », « sans amour on n'est rien du tout », « quand il me prend dans ses bras »*, les corps tournent, du réalisme quelque peu poussiéreux, c'est vrai, chantés à nous essouffler sous les saules et les peupliers ou dansés au bal musette et d'autres mauvais lieux.

Des airs populaires, disaient certains avec dédain ou ignorance quand nous nous enflammions ensemble. Des enfants terribles. Ils nous tutoyaient, nous étions eux, ils étaient nous. Des javas, des rumbas aux accents irrésistibles de comptoir, des tangos et des fados aux silhouettes fugitives. Le cœur d'une femme, les yeux d'un homme. La solitude et la foule. Des refrains de faubourgs et de ruelles. Des rengaines en arpège emportant les désirs des amants de l'année. Tous si différents et si pareils à coller des paroles sur les voix, à les faire tressaillir de rêves en friches et de bonheurs immenses. La nuit tombe. Je souris. Il est encore temps.

Un petit mois avant l'hiver. Je voudrais reculer mon anniversaire ou même le fuir. Des sommeils de plus en plus longs, des jours sombres autour de moi qu'il me faut bien admettre. Comment trouver la force de continuer. Pourtant, je m'accroche, trop fébrile, trop effrayée peut-être. À me débattre avec mes fantômes, en me sentant dépouillée de tout.

Parfois, l'indifférence remplace la peur de mourir. Pourquoi me plaindre, j'aurais eu ma part de bonheur. Mes enfants, mes petits-enfants, des amis, cette famille élargie, décomposée et recomposée. Je m'entraîne à redessiner leurs visages du bout des doigts sur les photographies. Ils ne suffisent pas à vous maintenir en vie.

Comment leur dire que j'ai peur de mourir ? Ils m'appellent, me demandent si tout va bien, si j'ai bien mangé et dormi avec les anges. Comment leur expliquer que mon temps reste vide, qu'il passe sans y croire vraiment. Il pèse sur moi, si lourd. Les noms, les lieux, les gestes, et aucune urgence. Trop tard pour changer d'existence. Je viens de si loin.

Je me verrais bien écrire autre chose sur ce cahier. Autrefois, et ça remonte à l'enfance, j'enroulais les lettres, les attachais ensemble, j'en faisais des voyages entiers et autant de dessins tout en pleins et déliés. Elles changeaient de couleurs, du violet au rouge et au noir. Je soulignais les titres à la règle d'un trait droit qu'il ne fallait pas rater. Les lignes ne bougeaient pas, elles flottaient sur les pages.

Cet exercice m'a toujours attiré. Une école où se comptent les petites herbes et les grands fleuves. C'est en les recopiant et en ajoutant leurs noms que j'apprenais mes leçons. J'écoutais les mots naître sous la plume sergent-major, râper le papier fin, je levais les yeux sur des oiseaux en partance et des paysages d'estuaire ou de marais, m'emportant ici ou là, toujours ailleurs.

Une chose est sûre, être empêchée d'écrire, c'est comme me retrouver presque nue, ne plus rien penser ni avoir à dire. Plus de lettres, des cartes postales, quelques phrases en figures imposées. Reçues ou envoyées. De l'inachevé vite expédié et consigné. Plus de conversations insolentes ou acharnées. Même plus ça. Il me reste les livres. Bons crus et piquette. Bien peu en vérité. Je ferme déjà les yeux.

Les couleurs ne dorment jamais
Tout à fait
Dans l'obscurité.
Elles dansent.

Sous les paupières
Se dessine la patience
Du jour demain.

Je ne me sens plus de taille à me rebeller pour ma toilette. Il fallait auparavant de la poigne pour me tenir tranquille sous la douche. Le crin gratte maintenant la peau librement de haut en bas et de droite à gauche, des mouvements rapides et efficaces. Le parcours est vite fait, les cheveux, le dos, les seins, les cuisses. L'eau chaude coule savonneuse.

Mon corps n'a aucun secret pour cette main étrangère. Elle n'a pas d'états d'âme. Une leçon de gestes croisés, féroce et sensible à la fois. Je me laisse aller, incapable de parler. Pourquoi cette pudeur quand les corps, qu'ils soient beaux ou laids, se lisent sur les plages comme des livres ouverts, comme si nous leur devions tout.

La main sans doute qui n'est pas la mienne. Mon corps d'un autre âge devenu une source de curiosité. De vérité aussi. Objet ou sujet, surface des êtres et profondeur des choses, où se situent les frontières, où et comment s'efface la jeunesse mise au monde ? Se sentir ainsi absente, se voir debout, croire encore à ce qui était mais n'est plus.

Les doigts ne m'aident plus à vivre ces derniers temps. Déformés et si épais dans leurs articulations. Le pouce et le majeur surtout. J'ouvre la main, je la referme. Les muscles jouent à se frotter en se serrant sous la peau. Leur coordination est impossible quand je reprends mon stylo. L'écriture se fait de plus en plus minuscule, difficile, les lettres font peine à voir. Celles qui ont tant occupé mon enfance s'éloignent. Je ne les reconnais pas à la lecture.

Il me faudra bientôt les abandonner elles aussi, laisser à mon cahier ses pages blanches. Sans ses signes, le feuillage et sa tendresse au vent ne pourront plus être racontés. Ces odeurs d'herbe fraîchement coupée, les petits bruits de matins d'été, les voix claires se répondant de loin. Toute cette plénitude d'une maison chaude où les heures sonnent à l'horloge. L'éternité n'avait pas besoin d'exister, elle était partout autour de nous.

Revenir sur ces saisons passées en les feuilletant à l'envers du temps, sans pouvoir restituer cette attention aux choses, cette densité des présences, sans pouvoir les interroger. D'un coup, le froid s'approche, une immobilité étrange remplace cette énergie perdue. Les mots sont de trop, empruntés dans leurs habits de tous les jours, des fables dispersant l'espoir.

Ce froid glaçant, un aujourd'hui si ordinaire qu'il pourrait se répéter demain à l'identique. Je ne veux plus attendre indéfiniment demain, je n'y crois plus depuis longtemps. M'endormir pour de bon. Oui. Juste ça. M'endormir.

Les petits-enfants sont partis. Six ou huit semaines sans les voir. Pourquoi leur en vouloir, j'ai connu cette envie de se maintenir au monde, de respirer ailleurs le jour, l'absolu d'aimer et d'être aimée. Ces mains qui se cherchent, ces regards qui prennent rendez-vous. Partager la chaleur et le goût de l'autre corps, suivre du doigt les lignes de son visage, leur apprendre la mémoire. Ils ont leur vie à faire et rien des vieux papiers, des paroles où se sauver ne vient encore les encombrer. Lieux et temps de promesse se conjuguent au présent heureux du monde.

Ils ne savent pas mentir. Ils se disent tout ou presque et surtout ce qui n'a aucune importance. Deux, être deux, c'est se brûler instantanément, composer à l'infini des mots, se saisir de phrases nouvelles, inattendues. Une double présence au monde, et pour le dire autrement, des bouchées doubles où le futur est aujourd'hui. Aucun « te souviens-tu ? », chaque minute est un refuge, une vie à deux, une manière de grandir et le temps pour le dire. Se laisser porter, accueillir le bonheur et cet appétit d'être davantage. Conversations itinérantes, chroniques légères et joyeuses du jour qui ne peut pas finir.

Petit matin. Vous lever. Vous tourner sur le côté. Tendre le bras gauche d'abord, celui qui va le mieux. Allumer en tâtonnant la petite lampe accrochée au tiroir de la commode avec des pinces à linge. Un bricolage de mon fils bien utile en l'occurrence. Agripper la patère – toujours trop haute – de la main gauche. La tenir fermement. Le bras droit peut maintenant suivre malgré son épaule impossible. Les deux mains solides, tirer lentement le torse. Pousser sur les pieds en glissant vers le haut du lit, s'asseoir. Une pause pour reprendre souffle, la moitié du chemin parcourue.

Le temps ensuite d'une simple rotation pour ramener vos jambes devant vous, la canne est là, sur la chaise, à portée de main, proprement orientée hier soir pour être facilement saisie. Vous approcher du bord. Comme ça. Vouloir aller trop vite est synonyme d'un échec assuré. Cette patience s'apprend. Car un geste maladroit, vous le savez, c'est la chute tant redoutée. Accrocher fermement du pommeau le déambulateur. Oui, un peu plus. Il doit se situer à l'exacte distance. Votre main gauche peut quitter le plat du lit pour fermement s'y attacher. L'autre ensuite. Une dernière poussée du corps entier ou ce qu'il en reste et vous êtes debout. En équilibre instable sur deux jambes hésitant à marcher.

Ce petit matin, pareil à tous les autres, la même question brutale vous traverse l'esprit. Cette liberté acquise de haute lutte, cette position debout paraît-il éminemment humaine, ne sont-elles pas une impasse ? Il vous faudra penser le jour. Une solitude longue. Que peut bien vouloir dire aller au bout de soi ? La vie pourrait monter en vous. Avec des actes à accomplir, des décisions à prendre. Des portes s'ouvriraient et se fermeraient en claquant. Le soleil entrerait et sortirait timidement. Il y aurait ce désir fou de plaire, ce plaisir à donner aux autres.

Non, les choses ne seront malheureusement pas ainsi. Tout le contraire. De plus en plus s'effrayer à n'attendre rien. Et cette envie de pleurer. Même cela devient insupportable. Alors vous vous rendez loin en arrière, là où les mots de vos parents sont si grands et si soudains parce qu'ils vous étaient destinés et vous délivraient de tout. Ils traînent à leur suite des lieux d'images effacés, des êtres dont les regards sont absents. Dont vous êtes définitivement absente.

Nous partirons
Comme un bateau
Sans sillage

Nous irons chercher
Comme lui
Une terre

21 avril, jour de vote. J'avais trente ans la première fois. Ce droit arraché parle pour nous, les femmes. Les hommes, longtemps, se voyaient bien garder pour eux cette part du futur et toutes les autres parts d'ailleurs. Je m'obstinais à les convaincre qu'entre nous la distance est moins grande qu'il n'y paraît. Pourquoi ne pouvions-nous pas choisir librement, pourquoi ne devions-nous pas croire en nous ? Souffrir d'être ici et non pas là, elle ou lui ?

J'ai voté la première fois l'année de naissance de mon second. Et depuis, des centaines de fois. J'en fais mes archives citoyennes, le devoir de prendre la parole encore et encore. Je n'ai jamais eu aucune aptitude au silence. Cela peut étonner dans ce siècle qui ne croit plus à rien. Et même si je suis une ombre, l'ombre de celle que j'étais, j'ai toute ma tête.

J'ai déjà lu les visages des candidats, leurs cheveux bien peignés ou un peu fous, les femmes surtout, relu toutes leurs déclarations en prenant mon temps. De grands mots, incisifs, enthousiastes, de ceux qui devraient guider le monde, des intentions généreuses avec des racines profondes souvent. Des beaux parleurs d'extrême droite aussi, une vraie galerie de portraits à faire les paons et nous mener en bateau.

À y regarder de plus près, je reconnais sous un faux bon sens ces discours de haine pour l'autre d'il n'y a pas si longtemps attirant des égarés de races pures et des négligés par la gloire. Ces lumières ont trop éclairé le pays de nuits épaisses les lendemains de bataille pour que j'oublie ce qu'elles valent d'arrogance et de mépris.

Je m'accorde avec mon neveu pour la procuration. Il prendra tous les bulletins à gauche car je tiens à cette vérité et à cette certitude, même inquiètes, quand chacun a les siennes bien cachées. Ma voix comptera, une voix pas plus mais surtout pas moins. Déjà, je me sens mieux. J'ai une odeur de fraîcheur avec moi.

Arracher la terre ne suffisait pas et la chute n'était jamais loin. Il fallut émigrer. Paris sans trop d'espoirs mais quelques illusions quand même. Une vie une fois de plus divisée. Travail posté ou intermittent. Quartiers d'échec où les numéros tirés chaque jour attendent les gagnants. Et cette peur à tout instant de tomber plus bas, la honte de perdre la mémoire des siens.

Nos vrais-faux rêves d'émancipation ont habité là des années. 10, rue Charles Michel, Saint-Denis. Du Zola mâtiné d'Eugène Sue à deux pas de la Seine et de ses usines de chlore aux odeurs si reconnaissables. Bretons, et pour certains esprits tout juste français, galiciens, portugais, italiens. Bons ou mauvais peuples selon l'usage et l'allure. De la main-d'œuvre bon marché à laisser à l'art des rues rouges. Mal rasés, querelleurs, dérangés, fiévreux. Des idiots de villages, en somme, des étrangers, en un mot.

Le 10, un rectangle fermé de bâtiments en brique et fendu dans un angle par un passage assez large pour l'entrée des camions amenant en tressautant sur les pavés le charbon d'hiver. Des murs aveugles sur les rues alentour, toutes les fenêtres donnant sur l'espace intérieur où, dès les envolées d'avril, les garçons criaient autour de leurs jeux de billes sur des pistes de grands prix tracées à la hâte, les filles les suivant pas à pas en les dévorant déjà des yeux. D'autres marchaient sur les mains sans se tenir à rien, les corps arqués jusqu'à leurs mollets maigres retournés sur des chaussures cloutées, leurs bérets sur la tête et les chemises baillant sur leurs shorts longs. Gavroche après l'heure. Les plus grands faisaient la loi, se gardant bien entre eux de savoir lequel était le plus fort.

Les portes grinçaient dans les étages. Des voisins s'interpellaient sur les paliers. Des pas fatigués dans l'escalier. Des brocs d'eau à monter. La concierge de temps en temps appelant à tue-tête « Martine, téléphone pour toi ! ». D'une radio se détachait pendant quelques minutes une musique joyeuse. Une femme se penchait à la fenêtre et appelait son fils pour le dîner. Une autre mettait son linge à sécher. La vie de tous et tous les jours en pleins regards. Les lumières s'allumaient. Tout le monde bientôt commencerait la nuit.

Au petit matin, cinq heures, après le pain cassé dans le café, les compagnons partiraient en silence au travail. Les gamelles préparées la veille de choux, pommes de terre et talons de jambon. Les poumons et les mains brûlés mais propres dans leurs bleus d'usine, des centaines, prêts à pointer un autre jour. Ils passeraient devant la brasserie déjà ouverte où s'arrêteraient ceux qui venaient de loin pour un ballon de rouge ou de blanc, puis devant l'école primaire, ils remonteraient la rue jusqu'au grand porche, silhouettes sombres en rangs de plus en plus serrés.

Ici, les gens étaient vite gagnés par l'âge, cette maladie des hommes dont ils se doutaient qu'elle les emporterait trop tôt. Et pourtant, l'avenir pour nous s'écrivait là. Il chantait à nos oreilles.

Les choses se perdent en vivant dans mon désordre. Des lieux, des papiers, des dates, tous ces points fixes auxquels nous nous agrippons sans le savoir vraiment apparaissent puis s'évanouissent. Rencontres, fêtes, visages s'estompent peu à peu. Heureusement, j'ai ces cahiers avec moi. En ouvrant les pages, l'autre mémoire, la plus faible, la plus oubliée, revient. Je ne sais pas si j'arriverai demain à la remettre en scène et refaire avec elle ainsi l'apprentissage de la lumière.

J'ai envie de couleurs chaudes quand autour de moi tout se refroidit. Je voudrais vous entraîner loin de cette souffrance, vous dire qu'il faut continuer à se battre contre sa propre disparition. À quoi bon vous mentir. J'ai vécu simplement, des années heureuses, d'autres presque totalement désespérées. La guerre, la paix, le chômage, les guerres encore qui n'en portaient pas le nom, les licenciements avant l'heure, les congés payés, le droit de vote et celui d'avorter, les pas à gauche et à droite, les déracinements, le bonheur des petits-enfants, jusqu'à la retraite où le corps fait défaut et où survivre avec si peu suffit à remplir les journées.

J'ai avancé dans des vérités dont je me suis moi-même convaincue, sans jamais chercher à gagner l'éternité. Aujourd'hui, même mes pensées semblent s'habiller de travers et, quant à mes paroles, elles n'ont plus d'échos à l'oreille. Le temps manque, tout en étant de trop et pas assez encore. La solitude nous sépare de chaque instant.

Quel sera
Le dernier paysage ?

Une lumière blanche
D'automne ?

Un vent fou
Au printemps ?

Ma main
Dans la tienne ?

La lumière se glissait de la porte entrebâillée, je l'entendais s'approcher. Je faisais semblant de dormir et je crois qu'elle le savait. Mes yeux bougeant sous les paupières, une légère crispation de la main sur les draps ou ma respiration irrégulière ? Je gardais mes genoux repliés sur le ventre pour mieux me réchauffer, mes cheveux bouclés courant sur l'oreiller, les mains bien à plat, détachées et paisibles.

Chaque soir elle venait ainsi, attentive, silencieuse, et chaque soir, invariablement, je l'attendais. Elle jouait le jeu de l'observation tranquille. Je devinais son demi-sourire. Un moment d'amour tendre sans besoin de paroles pour se faire comprendre. Je n'avais pas peur du noir. Le livre de la bibliothèque marqué à la page que je venais de lire, posé à côté de moi et dont j'emportais les images pour m'endormir. Elle réarrangeait mes vêtements sur le dossier de la chaise, les remettait en plis nets. Puis s'asseyait de longues minutes, immobile. À quoi pouvait-elle penser, j'étais bien incapable de le dire. À la jeune journée écoulée ou au vieillir du lendemain ?

J'aurais voulu ouvrir les yeux mais je ne les ouvrais pas. Je la voyais aussi bien et même peut-être mieux les yeux fermés. Elle était belle. Une femme jeune encore à la silhouette mince dessinée sous des robes à fleurs légères. Des cheveux châtains très longs ramassés en chignon qu'elle défaisait le soir et peignait lentement le matin avant que nous soyons levés. Quelques mèches échappées derrière les oreilles. Je voulais plus tard lui ressembler. L'ovale du visage. Avoir ses yeux marron-vert. Les premières rides autour lui donnaient cet air ayant beaucoup appris de la vie.

Ma mère, car il s'agit d'elle, a toujours eu cette douceur l'accompagnant dans ses gestes. Dans un instant, je la sentirais remonter du bout des doigts la couverture, déposer le baiser espéré sur mon front, souffler sans bruit la bougie puis s'éloigner à petits pas feutrés et refermer la porte. Cette tendresse m'était promise chaque nuit jusqu'à mes dix ans. Elle me manque tellement.

Le ciel bas et gris avait d'abord éteint le paysage et repoussé le froid. Maintenant, la neige commençait à fouetter les fenêtres. Des flocons lourds s'y agglutinaient et dans peu de temps les aveugleraient. La chaleur intérieure ne suffirait pas à les chasser. Les vieilles maisons du bourg, serrées les unes contre les autres, allaient grossir de congères. Les collines seraient couvertes de cette poudreuse arrondissant les courbes en autant de couches moelleuses. La nuit avait ouvert de bonne heure.

Mon père était encore dehors dans ce silence gelé. J'imaginais son haleine se condenser. Il ne tarderait pas à rentrer - la moustache parsemée de cristaux de glace, casquette rabattue sur les oreilles, mains nues sortant d'un manteau de laine trop court qu'il enlèvera d'un mouvement d'épaules - et à nous raconter de sa voix grave les événements du jour, toute la famille assise autour du feu. Un toit de ferme effondré, des charrettes de bois renversées, la chute d'une grand-mère. Ou, plus grave encore, des bêtes égarées, toutes les routes coupées. L'horloge sonnerait chaque demi-heure en ajoutant quelques notes aux heures.

Cet hiver-là ne s'apparentait à rien de ce que j'avais connu. Le vent du Nord avait pris la terre et les arbres. Les branches cassaient sous leur poids de glace. Ces tourbillons blancs, infatigables, se jetaient sur ceux qui sortaient et les rendaient fous. Ils s'infiltraient dans le cou et coulaient leur eau sous les vêtements. Et quand le soleil, le temps d'une journée, élargissait le paysage, le froid inexorablement prenait les poumons et les reins. Les plus solides avaient perdu leurs pas assurés.

Chacun se calfeutrait au mieux chez soi. Le père ne rentrait toujours pas et pour cause. Le car du soir n'avait pu franchir les obstacles à près d'un kilomètre du village, glissant lentement vers le fossé d'un virage puis brutalement arrêté par le talus, laissant l'arrière suspendu. La quinzaine de passagers, des anciens pour la plupart, engourdis et à moitié somnolents, se remettaient de contusions légères contre les vitres ou les sièges métalliques. Une seule fracture de la clavicule, cassée net en son milieu, une dame aussi menue qu'un moineau. Impossible de le dégager dans cette position. Le chauffeur s'était décidé à chercher des secours et quelques hommes recrutés à la va-vite étaient repartis avec lui, des vêtements chauds et des petites choses à manger dans des paniers. L'école les abriterait pour la nuit.

Depuis combien de siècles avait-il ouvert ses portes, personne ne pouvait le dire. À deux pas de la résidence, une petite rue modestement grimpante à partir de l'église vous amène jusqu'à un mur de granit, pas si haut que ça mais quand même de l'allure.

Nous y sommes. Un portail d'accès en fer forgé à doubles battants hésitant à tenir debout et entre lesquels se faufiler. Le gravier des allées crissant sous les pas. Une légère pente. Des concessions familiales, certaines très anciennes, s'épuisant à accueillir le monde encore vivant. Deux ou trois cents peut-être en tout. De la grande guerre ou de la dernière, des vies passées au travail, des enfants emportés tôt. Quelques fleurs fraîches. Des impatientes, du lilas, des tulipes. Des succédanés aussi.

Les noms se répètent sur les pierres tombales, des généalogies entières étendues là. Un espace de lots restants et sans doute déjà réservés. Aucun visiteur ici ne se presse entre les tombes. Aucun arbre pour se protéger les jours de vent. Les inhumations se font dans une terre grasse et humide, plus argileuse en profondeur. Depuis peu, des urnes gravées de lettres dorées, parfois une croix pour les âmes, se trouvent alignées contre un des murs.

Je n'ai rien décidé encore. Je sais que Dieu n'existe pas depuis mon enfance. Je reviens à ce goût d'aimer l'improbable et d'écrire ses contraires, de les réunir tous. La mort est entrée chez moi comme si elle se sentait chez elle. Et j'étais présente avec mon trop-plein de mémoire. Il y aura, pour moi aussi, un jour d'envolées d'oiseaux, un jour où les bateaux se préparent sur les quais pour le grand appareillage.

La saison importe peu, une douceur apparue soudainement l'hiver, un printemps se refusant au monde ou bien un été à vivre vraiment et un automne de couleurs plus chaudes encore. Je veux ce jour-là avoir le corps et l'esprit libres, redevenir cette enfant des promesses, mordre à pleines dents ces pommes volées à l'instant. Je veux m'inventer une nouvelle existence heureuse. Un cœur battant de mots d'amour. En silence ou en écoutant une petite musique de nuit. C'est comme ça, loin, que je veux partir, par une porte blanche ou bleue. Et vous dire, je vous aime.

Un nom dans le journal
Une autre moi
Je la vois toute menue
À distance

Aucun souffle
Sur les lèvres
Caressant délicatement
Le visage

Les mains croisées, prises
Dans leur silence
A-t-elle vraiment choisi
De ne plus entendre
La pluie ?

Je vais avoir une visite, m'a-t-on dit ce matin. Il s'appelle Max, un de mes arrière-petits-fils. Grand et mince. Plutôt costaud. Il se penchera pour m'embrasser. Une barbe légère, par endroits piquante. Tiens, il aura mis cette fois un pantalon noir jouant à l'accordéon avant de tomber sur des chaussures montantes à grosses semelles. Une chemise rouge débordante sous une veste en toile beige et rêche. L'élégance dans toute sa jeunesse.

Je lui proposerai un café. Marque Café Noir en petits sachets longs. Il ira chauffer l'eau dans la bouilloire. Je serai obligée de décaler ma chaise pour qu'il puisse prendre les tasses et quelques gâteaux secs. Quand ce sera prêt, il s'assoira à ma gauche, ma meilleure oreille. Et nous parlerons. Elle est terrible cette envie de parler et surtout d'entendre.

Je lui demanderai s'il s'est décidé à me présenter sa petite amie. Je la vois déjà. De sa taille ou presque, de longues jambes, des ballerines de couleur aux pieds. Des yeux verts, j'ai toujours rêvé des yeux verts. Douce et ferme, du caractère mais sans trop. Une belle voix grave. Littéraire, peut-être? Elle lui ferait aimer les livres. Ils se seront rencontrés à l'université. À un concert avec guitare électrique et percussions?

Il ne veut rien me dire. Mais promet que je serai la première à savoir. J'adore être dans les confidences avant ses parents rien que pour les voir embarrassés devant moi à s'interroger si je sais ou ne sais pas. L'âge dans ce cas précis ne vous change pas quand la tête est là.

Nous discuterons musique, un peu soul-folk, beaucoup jazz et blues, sa passion. Il m'embarquera dans son rêve, un clip tournant sur Youtube, puis une chambre à New York, minimale me dira-t-il, table, chaise et lit, sa vie pour une grande baie vitrée ouverte sur Manhattan comme une forêt de doigts dressés sur la mer. Il veut me convaincre d'un langage universel et m'apprendre les gammes de son vocabulaire : single, net, twitté, graffé et d'autres encore. La nouvelle ADN branchée jeune, paraît-il.

Je flancherai sur la prononciation beaucoup mais, les yeux brillants, il s'obstinera. Je me frotterai à ses phrases et nous éclaterons de rire. De temps en temps, il sortira sur le balcon se rouler une cigarette en tirant des bouffées interdites. Ce sera à mon tour de lui faire la conversation avec mes vieilles histoires et mes chansons. Et je m'appuierai sur lui pour écouter la vie qui vient, celle qu'il attend et qui m'emportera demain.

Des pas dans le couloir. Le voilà. Je ferme les yeux, je fais semblant de dormir, j'ai toujours su.

Parfois, souvent, le sentiment d'avoir fait le tour de la terre et de ses vivants ne cesse de me tourmenter. Toute émotion s'est éteinte, les regards autour de moi ne me portent plus. Aucun relief dans mon existence, aucun haut ni bas, ce qui fait rire ou pleurer. Mon corps est froid. Je souris machinalement afin de faire plaisir, tout du moins, je le crois. Les liens avec le monde sont brisés. Le chemin vers les autres est si étroit que toute tentative pour l'emprunter est vouée à l'échec.

Ah! s'il arrivait quelque chose que je ressente une fois encore. Une présence, une rencontre, comme une certitude pour demain. Un ciel livré aux mouettes et aux cormorans. Des bruyères persistant à fleurir longtemps après. Lire à voix haute des souvenirs anodins dans leurs dessins de crayons cassés et dont nous nous remettons si mal. Ou sous une autre forme, qu'importe, une attention, une seule, une empreinte en creux d'une main dans la mienne, si peu en somme, et les retenir précieusement.

Mais non, l'indifférence est totale. Je suis une aveugle ne désirant plus même les couleurs, ni de savoir à quoi elles auraient pu ressembler. Cela n'empêche pas de se regarder de près, et par la force des choses de rester à attendre. Simplement les adjectifs qui nous font vivre en sont étrangement absents. Frontière ou lisière, bords pleins ou vides insidieux, ciels changeants, tous ces traits tracés si âprement à l'encre sur les cartes, nous laissent de l'autre côté, plus froid et plus humide, sans visa ni permis de séjour pour le moindre commerce humain.

De ce côté-là, maintenant le mien, ne reste rien ou presque, des détails, à peine quelques impressions cachées derrière des branches basses touchant l'eau de la rivière, une série d'épreuves photographiques tirées entre deux âges voire plus et à moitié effacées, deux ou trois lettres collées subrepticement sur des pages perdues de vue. La vie alors se refuse ou tourne court. Combien sommes-nous ainsi à quitter le jeu des ombres et des couleurs rehaussant le monde, à vivre des nuits n'appartenant à personne et jusqu'à nous faire croire qu'elles existent ?

Je suis née à Locuon, en Morbihan. Le jour baissait, m'a dit ma mère, une prière sur un horizon intouchable, vide et gris. Une nuit hivernale se préparait comme plus tard j'allais les connaître, étendues, lentes, des poignées de vent desséchant les terres. Le froid remplissait le village et seules quelques lampes à pétrole adoucissaient l'intérieur des maisons, éclairant faiblement les visages.

J'ouvrais les yeux sans rien savoir de mon corps, rien voir de l'inconnu qui m'attendait. J'étais la sixième bouche à nourrir. La terre ici était pauvre et les gens plus encore. Elle se travaillait avant la parole. Mes parents pourtant tenaient tête malgré les difficultés. Il y avait là des centaines de bras promis au désordre à venir et pour certains à l'exil. Des noms déjà inscrits à l'or fin sur le monument aux morts.

Aucune famille n'a été épargnée par ces absences, aucune non plus n'a renoncé définitivement à revoir un jour ceux qui sont partis. Que ce soit les cris du bois mutilés sous l'hiver, les verts tendres bourgeonnant au printemps, ou les rythmes déjà ralentis de l'automne, je voyage avec eux dans ma chambre. Même la lumière semble se répéter étonnamment longue. Elle me ramène à cette empreinte de l'enfance, à ces quarts d'années précaires, quand je mordais malgré tout chaque instant, là où j'ai appris à vivre, là où j'étais vivante.

J'ai mis ce midi mon collier de perles dont les couleurs sont maintenant passées. Elles habillent cependant ma robe bleue d'un reste d'éclat. Je suis longue à faire la moindre des choses. J'ai appris ces gestes ralentis, prudents, cette peur de tomber toujours. Je regarde la pendule. Dix minutes à attendre que quelqu'un vienne me chercher. J'avais pris de l'avance.

Je suis heureuse depuis ce matin. Pierre est arrivé et je vais pouvoir lui parler pendant le déjeuner. Il est plus jeune de plusieurs années. Nous avons commencé hier et ça avait l'air de lui plaire. Se raconter reste un privilège de l'âge. Il y a de l'angoisse là-dedans. De la naïveté aussi, celle de croire encore pouvoir refaire le temps. Des feuilletons du bas monde, diraient les méchantes langues, des morceaux accessoirement choisis. Ses histoires, mes récits seront certainement trop courts, un peu maquillés sans nul doute. Nos mots à vendre du passé et à acheter du futur, l'un et l'autre dans leur banalité.

De fait, parler et écouter parler me nourrissent depuis ma naissance. Mieux que dans tous les livres, j'en suis un témoin vivant. Tant que la mémoire est présente, les lieux communs, les rencontres de hasard ne portent pas de masques blancs. J'oublie les douleurs, les peurs, le vide. Les frontières entre les hommes et les femmes n'y sont plus définitives, elles sont, au sens vrai, recomposées.

Les saisons auront beau revenir pareilles à elles-mêmes, tourner en boucles entre mes doigts, parler, écouter, c'est marcher encore vers des instants à la fois perdus et gagnés, des preuves sur l'existence réelle ou rêvée avec une suite remise aux lendemains.

Qu'importe si nous butons sur les noms et les dates, s'ils s'ajustent mal ou au contraire parfois trop bien, les paroles viendront ce midi, j'en suis sûre, je ne les entendrais pas seulement dans ma tête, elles se détacheront toutes seules, je les verrais presque, j'en ferais des images, des couleurs, des musiques, mon corps se réveillera, il ne m'étouffera plus.

Je t'écrirais, tu verras,
Un petit livre

Je parlerais de toi
Tu liras de loin
En silence

Je t'enverrais du mimosa
Entre les pages

Je t'appellerai ce soir
Pour que tu me dises
Ce que j'écris pour toi

Sale hiver. Drôle de printemps. Encore la fièvre ce matin. Bronchites et grippes à répétition. Elles ne me lâchent pas. Je tousse au point de ne plus pouvoir placer un mot. Et malgré tout, cette volonté étrange de vouloir toujours protéger mon corps, de refuser de m'en débarrasser.

Pourtant, je m'en étais retirée d'une certaine manière depuis longtemps. La peau, ma peau, un simple vêtement d'emprunt en quelque sorte. Rien n'attirant les regards, de faire commerce avec eux. Tout alors devenait retraite singulière, enfermement muet, refus du présent et surtout du futur. Invisible passante fourvoyée dans ses tâtonnements, convive de circonstance entre les pages de livres et les actes d'un théâtre humain indifférent.

Tout était détraqué. En crise. Les idées, les valeurs, les vérités du monde et du mien. M'alarmer, m'indigner ne servaient à rien face à cette évidence. Le temps, le corps, même les voix finissent par mourir.

Pendant longtemps, les après-midi se réveillaient avec les jeux. Écouteurs aux oreilles et télécommande à la main bien avant l'heure. Des chiffres et des lettres, deux rendez-vous en correspondance auxquels résister relevait de l'impossible. Les portes pouvaient battre de courants d'air, quelqu'un frapper avec insistance à la fenêtre, peu importait.

J'ai toujours eu une fascination pour les nombres. Leurs lignes droites et fières ou, au contraire, tracées bien rondes ont peuplé l'imaginaire de mon enfance autant que les mots et les images. Je ne pouvais pas m'empêcher de les transcrire dans les deux langues, et en passant de l'une à l'autre, comme Jacques Roubaud, je les mettais au carré ou au cube, j'en faisais des moitiés ou des quarts, des mille et des cents. Et que dire de l'absolu des nombres premiers. Ils n'ont rien en commun sauf d'entretenir l'immensité du rêve sans jamais se retourner vers les autres. Peut-être arrivaient-ils quand même à se comprendre et à se parler.

Quand les nombres rencontraient les mots, c'était le bonheur des couleurs et des sons. Des sonnets, des alexandrins pour les voyages au loin, à Babylone, avec les Phéniciens, dans tous ces pays d'argile sèche. Les voyelles à voix nue de Rimbaud et les consonnes embrassées de Verlaine conduisaient les mots. Courts, ils pouvaient être un début de murmure, puis en grandissant devenir des noms propres parce que vivants. Ils n'étaient plus d'un savoir quantifiable.

Depuis cette découverte première, les syllabes n'ont cessé pour moi d'accrocher la musique. Les mots alors avaient des échos, ceux d'un instant particulier rencontré quelque part, ceux d'un message d'une main amie ou inconnue. Sous leur peinture noire, dehors et dedans se mariaient. Ils se partageaient la mémoire. Rien ne pouvait les étouffer. Pas même leurs significations supposées. L'émotion se cachait de l'autre côté d'une présence. J'ai vieilli ainsi debout dans l'ombre de mots simples écrits sur de grandes pages blanches.

Aujourd'hui ne se joue plus pareil. J'ai toujours une brève hésitation quand s'affiche le total à atteindre puis cette concentration soudaine sur les grands nombres à multiplier aux petits pour l'approcher au mieux. Soustraire ou additionner parfois pour finir. La division est plus rare, plus risquée pour le temps imparti, mais beaucoup plus élégante. Le voilà dans sa robe. Un compte laborieux souvent mais juste. Allaient-ils trouver la martingale eux aussi ?

Pour les dix lettres, j'avoue maintenant moins de plaisir. Ils vont chercher tous les mots possibles, y compris les plus savants. Le Larousse et autres dictionnaires ne m'ont jamais causé. Il leur manque cette poésie fabriquant l'imaginaire. Et pourtant, je me prête au jeu. J'attends déjà le tour suivant.

Je me suis assoupie en chantant dans ma tête « *Tu vois, je n'ai pas oublié, la chanson que tu me chantais, c'est une chanson, qui nous ressemble, toi qui m'aimais, moi qui t'aimais* ». Certaines paroles me manquaient mais l'air dansant lentement était là et je le rejouais indéfiniment. Nostalgiques et joyeuses, légères comme deux vies passées ensemble, des variations de poète à recommencer demain. « *Et la vie sépare ceux qui s'aiment, tout doucement, sans faire de bruit* ». La voix de Juliette Gréco ou la mienne ?

Et les autres, toutes les autres, tous ces baisers volés qui se sont frottés au temps. « *Pouvoir encore te parler, pouvoir encore t'embrasser, te le dire et le chanter, oui c'est beau, c'est beau la vie* ». Je les sens se coller aux corps, les faire vibrer d'accents longs, s'échapper, libres. Je chante à tue-tête. « *Moi je t'offrirai, des perles de pluie, venues de pays, où il ne pleut pas, je creuserai la terre, jusqu'après ma mort, pour couvrir ton corps, d'or et de lumière, je ferai un domaine, où l'amour sera roi, où l'amour sera loi, où tu seras reine* ».

Ferrat, Ferré, oui, ils sont ma langue, je les ai toujours aimés et je les aime encore. « *Avec le temps... Avec le temps va, tout s'en va, on oublie les passions et l'on oublie les voix, qui vous disaient tout bas les mots des pauvres gens, ne rentre pas trop tard surtout ne prends pas froid* ». Dix mille âmes, cent mille mots. Nous, moi, vous, eux. Les vrais visages où grandir toujours.

Tous ces destins au bout du compte essoufflés d'emmener avec eux le présent avant qu'il ne soit trop tard, avant de rejoindre un passé qui ne leur appartient plus vraiment, seuls dans leurs maisons où des étages entiers ont cédé leurs mémoires à des boîtes en carton. Des manuscrits traînent, des manuels de mécanique, des livres d'histoire et des romans d'aventure, des registres d'achat et de vente, des brochures du bout du monde.

Quelles vies peuvent ainsi se passer à écrire autant et à se mentir sur les couleurs du ciel, sur ces pays si bas qu'ils en oublient l'horizon ? Et à tout ranger au carré, tout rentrer dans l'ordre extrême. Que cherchent-elles à prouver ? Rien n'est solide, pas même nos mosaïques de papier. Rien. Tout sera brûlé. Tout. Les souffrances n'existent pas seulement dans la mémoire des hommes. Quelque chose vacille dedans et dehors quand les angles se font plus aigus. Pleurer les yeux fermés ne suffit pas pour se sauver. Où s'écrit le mot fin quand les étoiles sont laissées seules pour les nuits ?

Cela commence par un point, jamais tout à fait le même, un élancement en mode mineur, bref mais suffisamment soutenu pour savoir qu'il existe bien. Généralement après le petit-déjeuner, quand la première somnolence du matin me prend. Ces douleurs avancent masquées, elles sont, au début, à peine perceptibles, comme si elles hésitaient à s'installer, légères, un peu comme des fourmillements agréables, une sorte de démangeaison à gratter. Dès que je bouge la jambe, je sens qu'elles font une pause comme si elles ne voulaient pas me déranger plus que ça.

Je connais trop leurs tours pour me laisser prendre à cette trêve passagère. Je sais, là, qu'elles reprennent des forces. Il me faudra bientôt changer de position, prendre appui différemment, histoire de gagner ne serait-ce que quelques minutes. Voilà, c'est fait, les jambes allongées, je suis prête pour leur nouvel angle d'attaque. Je ne connais que trop leur répertoire même si leur lieu d'origine et leurs déplacements soudains restent une énigme. J'en ai appris par contre tous les scénarios à force d'en recenser les indices. Ceux-là ne trahissent jamais.

Dans cette impossibilité de les voir disparaître, je ferme les yeux, je les attends. Une crispation du mollet gauche, une brûlure réveillant des terminaisons nerveuses déjà assoupies, pas grand-chose.

Rien d'alarmant encore, des contours flous, des petits nuages blancs sous mes paupières. Simplement retenir ma respiration puis expirer longuement. Nous n'en sommes pas à l'affrontement. Je sais qu'elles ne renonceront pas, que les vagues à venir se chargeront de manifestations plus violentes, plus insupportables, brouillant, éclaboussant, écrasant tout sur leur passage.

Je profite de la paix soudaine, elle sera plus longue mais la menace reste bien là, présente, elle travaille le temps et le corps. Ces mosaïques de fibres souples et maintenant aussi cassantes que le calcaire, ces topographies aussi changeantes qu'indéchiffrables d'artérioles aux flux ralentis, s'affairent dans les coulisses à un commerce dont je ne sais rien.

Au début, j'ai caché mes mains. J'avais honte de trembler à tout bout de champ. Et puis les piétinements se faisaient plus présents. Mes amis le voyaient. Leurs regards devenaient inquiets sans qu'ils osent me le dire. J'arrivais, aussi perdue qu'eux, à tenir les conversations. Je me défendais plutôt bien du malaise grandissant.

Je feignais l'insouciance devant cette lenteur nouvelle et ces petits cailloux cachés obstinément dans mes chaussons. Je m'accrochais dans la tête, pour éviter d'y penser, des paysages hauts en couleur, des récits de marches aventurières, des personnages de chroniques populaires. Jusqu'à ce que je puisse donner un nom propre à cette maladie.

J'étais devant une inconnue dont je n'avais que faire. Elle m'a aspirée, engloutie. Je n'étais plus là. Les mots s'absentaient. Brusquement, la menace se murait partout dans mon corps. L'admettre, prendre acte était au-dessus de mes forces. Un trait noir, sur mesure, exécuté d'une main de maître. Il fallait surtout ne pas perdre la lumière. Je tentais en vain de lui claquer la porte au nez.

Aujourd'hui, rien n'a changé. Je sens l'étau se refermer plus étroitement sur ma jambe. La morsure plus profonde, plus mauvaise encore. De lancinante il y a un instant, elle devient aiguë, remonte la jambe, elle l'arrache, déchire la peau, elle va prendre feu, tout embraser sur son passage. J'avale ma salive. Tout en moi est douleur, défaite. Je serre les dents pour m'empêcher de crier. J'ai peur. Emmenez-moi, oui, emmenez-moi. S'il vous plaît. Mes yeux brûlent. Ils sont grand ouverts. Je veux courir sous la pluie, traverser les nuages, appeler la nuit.

Demain
Pourquoi demain
Cette légèreté
Des étoiles
Cette petite musique
Des voix
Les enfants
Leurs souffles sur l'air
Des fleurs blanches
Tes bras, tes lèvres
Je les ai avec moi
Je ferme les yeux

Une odeur de pâte chaude nous accueille aujourd'hui. J'imagine, car nous n'y allons jamais, les grands fours à chauffer derrière les murs de la salle, les larges plans en inox étincelant, les chariots de service couverts de plats métalliques remplis à ras bord et ces drôles de machines à vapeur aux portes béantes s'apprêtant dans une heure à engouffrer nos assiettes sales.

Une soupe, du gratin dauphinois, fromage et yaourt au menu du jour. Les plaisanteries des filles se racontent les dernières rumeurs locales, les confidences sur leurs derniers achats en soldes, les sourires entendus au bord des lèvres pour les amours supposés acquis. Elles causent de nous avec ce détachement de l'habitude. Leurs voix portent l'ordinaire des matins, les toilettes en gants râpeux et les habillages si lents, les draps à changer une fois encore.

C'est le silence à table. Une tablée de huit avec parfois des manques. Je suis assise à l'angle dans mon fauteuil roulant. Pierre-Jean est arrivé le dernier, quelle chance il a de pouvoir marcher. Il tire sa chaise et s'assoit en face de moi. Les cheveux en mèches blanches ramenées sur le côté, les traits creux, ce sont ses yeux bleus qui m'arrêtent, ils sont devenus vagues, comme s'ils étaient ailleurs. Que voient-ils du monde ? Ont-ils trop appris l'insondable ? Ce flou quand il regarde me fait peur. Il attend d'être servi sans rien demander jamais. Il prend une bouchée, la mâche puis l'avale d'un coup, ses mouvements sont souples, réguliers quand les miens sont heurtés, maladroits, le coude refusant définitivement de plier.

Ewan nous a rejoints il y a peu. Il est du village. Il se tient encore droit, le visage comme éclairé de l'intérieur. Son gilet rayé noir sur une chemise blanche col ouvert lui va tout à fait. Lui au moins sait qui je suis. Il me voit. Je l'aime bien. Nous sommes les seuls à parler encore de la vie. Pas grand-chose. Il m'arrive de mentir et lui aussi. Une manière de se guérir du présent, de se rejoindre plus. Il se lève avec précaution pour aller chercher un pain entier. J'en mettrais quelques tranches de côté avec une ou deux petites tablettes de beurre. C'est plus fort que moi.

Nos échanges mêlent tendresse et dérision, attentes et inquiétudes, ils se protègent du temps qu'il fait ou fera, ils dissimulent ces émotions sur lesquelles d'autres ont magnifiquement écrit. Nous peignons la lumière doucement, les mots avec délicatesse. Nous sommes si loin de nos premiers élans et malgré tout nous rêvons en souriant du monde et des bonheurs passés. Autour de nous, les paroles sont absentes. Et dans ces paroles manquantes, le silence est immense.

Notre maison ne payait pas de mine. Nous l'avions, faute d'argent, restaurée à minima. Cuisine et salle à manger aux cloisons légères, trois chambres à l'étage et une salle de bain pas trop mansardées. Il fallait bien une journée pour y venir en Renault noire de 4 chevaux. Nous en profitions trois ou quatre fois par an. Au printemps et à l'automne pour tailler fleurs et arbustes, couper les ronciers des talus, planter et replanter des arbres que nous verrions grandir. Ses pierres de granite, si chaudes l'été, disaient qu'elle avait toujours existé. Ici, nous avons réussi à être heureux. Je m'émerveillais de ce que la paix pouvait nous offrir. Aujourd'hui encore, ma voix s'étrangle à évoquer ces années.

Cette chance que nous avions de pouvoir nous promener. Il y faut une énergie singulière. Notre jour pour ces randonnées était tous les jours. Des chemins du Faoudel, des rendez-vous de collines, nous savions tout de la grammaire de la terre et du temps, des nuages de soleil ou de pluie, comment les rendre encore plus vivants, comment ils fusionnaient les corps au travail en gestes plus libres encore. Quand nous en étions empêchés, pour un aller-retour à Locuon ou un marché à Rostrenen, nous nous réconcilions avec eux dès le lendemain. C'était notre grande affaire. Nous les énumérions sans fin.

Cette maison n'est plus à moi. Je ne pousse plus sa porte sur l'ombre. Il y avait longtemps déjà que je ne montais plus à l'étage. Pas assez de forces dans les jambes. Me restaient les heures de plein soleil du jardin, assise à tricoter mon crochet. Mes doigts étaient lents et fatiguaient un peu. Je piquais de temps en temps de la tête. Vers quatre heures, je savais qu'elle allait passer. La voilà. Oh !, elle n'allait pas bien loin, elle non plus. Je la suivais des yeux. Comment lui en vouloir. Il lui fallait bouger. Elle marchait mal mais elle marchait. Un mouvement irrégulier, le corps en avant près de perdre l'équilibre. Puis le pas s'allongeait d'un coup et la retenait. Tous ces jours vécus à côté l'une de l'autre ne servaient plus à rien. À personne. Ils ne donnaient plus de rêves. Le silence s'approchait trop de nous. Il venait de partout, il envahissait tout. Comme le vide qu'il croisait.

Pas question d'être dans le journal quand le grand voyage, attendu et maintenant espéré, se fera. Pas d'entrefilet du matin écrit à la va-vite et punaisé au tableau d'entrée au vu et au su de tous les pensionnaires comme s'il fallait absolument parler d'une actualité sans demain. Ni de cloches sonnant une phrase à se perdre étrangement dans les collines, loin, très loin. Non. J'ai tâtonné longtemps avant de choisir, coupé, recoupé et même dans l'essentiel, comme douté toujours de la date finale.

Ranger les affaires dont personne ne voudra, noter de fermer l'eau et le chauffage, tous ces petits détails sans importance. Mettre en ordre mes papiers au cas où quelqu'un se déciderait à les lire, poser mes clés bien en évidence sur la table à gauche de la porte. Se retourner une dernière fois. Tout est bien là. C'est ainsi, je crois, que je devais faire pour avoir la paix, partir la conscience tranquille.

Un cahier ou un journal sans suite possible, sans postface avantageuse, pimentée par je ne sais quelle psychanalyse du jour ou des témoignages de seconde main. Pas question de traîner quand il faut s'écarter du chemin. Quand il est l'heure de rejoindre celui que j'ai aimé. Je lève la tête, lui se penche vers moi. Nous respirons ensemble. Profondément.

La photo du petit dernier de la famille – dix mois à peine – assis sur une chaise miniature au soleil, un sourire riant aux lèvres, m'accompagne. Il marchera bientôt. Je sais qu'il ne se souviendra pas de moi. Ses parents lui parleront peut-être de cette grand-mère qui pourrait être née un 3 décembre 1916 et aurait traversé deux siècles, parcouru de long en large les arrondissements de Paris et les marais de banlieue, les terres d'un pays perdu et retrouvé, la Bretagne. Cette grand-mère à demi-noyée dans toutes les folies de l'humanité, viscéralement attachée à la vie. Ouvrière anonyme des jours et des nuits, seule avec tous les autres et parmi eux. Toujours à courir, légère, sous la neige ou la pluie pour aimer plus encore. Une femme – elle serait Marie, Maria ou Louise – son rire, sa vérité. L'air de rien, insignifiante et en cela tellement semblable aux autres.

Je lui écris chaque soir ces mots si difficiles pour se comprendre quand il s'agit du temps qui nous a appartenu trop peu. Il les lira comme une lettre en héritage de mon enfance, du *Petit Prince* dont j'ai été longtemps amoureuse, de *Peter Pan* qui ne voulait pas grandir sans son ombre. Et plus tard, des légendes où les silhouettes se perdent dans les rues, des dessins dansant très fort devant les yeux pour déchiffrer le monde, de vrais souvenirs cachés, la nuit sous les couvertures, se refusant au sommeil. Il aura, lui, d'autres histoires, tour à tour heureuses et tristes, des histoires de fées, d'amours impossibles et de mauvais sorts, d'autres lieux, des lieux inconnus où s'oublie ce que nous sommes, où réellement nous vivons. Il grandira aussi et je serai son ombre.

Les premiers pas enfant
Ces tentatives premières
D'un debout fragile
Un pas à apprendre
Un matin seul
Les mains lâchées
Debout un pas puis deux
À contretemps tomber
Se relever tomber encore
Recommencer
C'est apprendre son corps

Des mains, des dizaines, se disputent mes draps, tordent mes deux couvertures et le couvre-lit en point de croix. Les coutures lâchent les unes après les autres. Elles tirent chacune de leur côté, les plient à contre-courant, les bouchonnent dessus et dessous. Veulent-elles m'étouffer ? La peur. Quant à savoir dans quelle position je suis, impossible.

En vérité, elles cherchent à m'enlever, à me prendre en otage. Misère de l'incapacité à bouger, à se relever. Terrible leçon sur l'état d'impuissance. Je ne respire plus. Mes battements de pied sont désespérément lents, mes bras résistent faiblement. Je n'ai guère de force pour batailler.

L'affaire s'envenime, j'entends maintenant des voix et des noms d'enfants, des coups contre les murs. Je jure, je sais, cela fait mauvais genre mais je n'ai guère mieux pour me défendre. Un dernier coup de talon et j'abandonne. Vaincue. Pourquoi après tout tenir autant à vivre ? J'ai mal. Je crie.

Hier, je m'étais vue vivante, j'avais presque passé cent ans. Je me réveille en sursaut. Je me souviens. J'ai froid. Je suis brûlante. A vrai dire, depuis quelque temps, j'ai toujours froid. Je peste devant l'évidence. Je ne me plains pas. Il y a pire.

J'hésite à appuyer sur le bouton d'appel suspendu au-dessus de ma tête qui se balance et me nargue en permanence. Je ne vois que lui. Un piège. Mais non, je ne me laisserai pas aller. Je ne veux pas déranger, les filles sont tellement occupées.

Je ne trouverai plus le sommeil. Je vais flotter des heures. Partir, revenir. « Eugène. Eugène, tu m'entends ? » Nous aurions pu vivre encore. Sourire comme nous avions appris. Aux enfants. Aux passants. Nous aurions pu changer ensemble. Les choses se seraient éclaircies avec cette envie folle de pouvoir dire Nous. Accoudés le soir à la fenêtre. Des nuages si doux. Nous étendions les mots. Ils nous étaient donnés. Les faibles lumières des péniches sur la Seine. Nous, marchant dans les rues sous une pluie fine. À mi-chemin vers quelque part où nous serions vraiment. Assis devant la plage au vent d'hiver à trembler et toi à souffler du chaud dans mes mains. Avec une part du monde.

Chez nous, tu respirais tranquillement, sans bruit. Je te regardais. Le visage collé à la vitre. Tu l'effleurais des doigts. Je me souviens. Je te perdais. Tu m'échappais. J'aurais pu lâcher prise. Tout se brouillait. Peut-être rêvais-tu du livre à peine ouvert hier ? Ou du temps à rattraper dont nous n'avions jamais assez ?

Reprendre depuis le commencement ? Ce premier temps où tu descendais le long de mon corps. Un peu hésitant. La tête penchée sur moi. Nous étions seuls à nous appeler ce jour-là. Personne ne nous entendait. La lumière pâle sur nous, tellement calme, tellement belle aussi. Mes pas dans la pénombre. Puis, cette odeur de pain chaud au café du matin. J'ai cru un instant que tu n'étais plus là et que je ne l'avais pas su. Mais non, tu dormais. Paisiblement. Je tendais le bras. Juste pour être sûre.

Est-il possible de mourir
Les mains nues
En plein silence
Un soir doucement

Tu trembles encore
Tu veux partir
Quand tu dors
Si tu savais
Ce qui n'est plus une vie

Nous voulions seulement nous aimer, nous aurions pu fuir, nous soustraire au monde quand le monde a basculé, lorsqu'il a tout emporté. Tu as disparu, sans témoin, sans rien pour le dire. Un pays de nulle part. Un non lieu. Je pleurais. Tes mots se sont effacés, mes lettres, ces feuilles de papier si fin, laissées en poste restante, quelque part ailleurs, mortes elles aussi. Cela fera quatre ans demain. Combien d'années faudra-t-il encore attendre à distance ? Était-il donc insensé de rêver des étés ensemble ? Je te voulais avec moi, avec ton fils et tous ces oiseaux nus glissant dans le ciel. Ils l'avaient pour eux seuls. Ils allaient là où ils étaient déjà allés, où ils retourneraient. Se posant parfois sur les branches de nuit. Puis étrangement heureux d'être encore libres au bord du jour. Le petit alors courait après eux jusqu'au bout de la route. Il te ressemblait déjà. Il avait tes yeux, tout le bas du visage et cette manière si particulière de se tenir silencieux.

Arrivera-t-il aujourd'hui ? Je l'attends assise devant la fenêtre. L'horloge bat lentement ses minutes. D'ici, je vois la nuit remonter le long des immeubles entourant la place. Trois ou quatre réverbères déjà prêts à s'allumer, des adolescents s'approchent en riant, se frappent les mains dans un ballet aérien qu'ils connaissent par cœur. Je suis seule à attendre le soir.

En face, le jardin public ferme ses portes en poussant ses derniers visiteurs dans la rue. J'imagine les jours heureux où certains, les plus vieux, y passeraient des après-midi entiers sur les bancs, lisant d'un bout à l'autre en silence des journaux à l'encre baveuse au point de leur coller les doigts.

D'autres se promèneraient autour du bassin pour les bateaux d'enfants, avec cette nonchalance qui sied à ceux qui connaissent le chemin. Ils s'arrêteraient un instant devant les fontaines en fonte habillées de ce vert sombre des quatre saisons ou lèveraient brièvement les yeux sur la statue trop sage d'une Louise Michel perdue dans une leçon de choses.

Des mères se tiendraient compagnie au soleil, jetant de brefs regards à leurs landaus en papotant à voix basse sur les derniers bruits du quartier. Elles s'éclipseraient pour la sortie des écoles des plus grands. La brasserie à droite aurait une terrasse ensoleillée où le garçon servirait des bières fraîches, où les nouveaux clients demanderaient la permission de prendre la chaise inoccupée devant nous.

Arrivera-t-il seulement ? Je me répète ces mots comme une prière, comme si j'allais me jeter dans un vide encore plus grand. Un si long temps séparé, une guerre, des années, toutes nos années de jeunesse, et ces nuages de cendres dispersées derrière lui en Europe. Je suis descendue dans cet hôtel de Montparnasse, aux chambres en minces cloisons de bois, lavabo et toilettes sur le palier.

Il me disait dans une lettre « je vais mourir », je lui répondais « je te veux vivant ». Il m'écrivait « je suis un oublié, un corps perdu », mes lettres le reprenaient « je vois ton visage si tu ne le vois pas, toi », « tu as un nom, je t'aime ».

Il n'y avait naturellement personne autour de moi pour comprendre ce refus obstiné de renoncer, de se rendre. D'effacer sa voix et de s'éteindre à petit feu dans un deuil annoncé, déjà pour certains inscrits dans la pierre. Je l'ai dessiné ce visage mille fois à la pointe-sèche et la vie ne s'en allait pas, au contraire, elle était remplie de ces mots qui n'arrivent jamais à mourir même à l'intérieur de murs.

La nuit est maintenant lumineuse. La neige l'éclaire et les branches parlent au vent une langue qu'ils ont apprise de longue date. Me reconnaîtra-t-il quand j'ouvrirai la porte ? Une femme aux cheveux bruns mi-longs, le dévisageant avec cette inquiétude dans le regard qui s'apprend en vieillissant.

Il aura maigri peut-être. Ses yeux auront-ils moins d'éclat, ses lèvres seront-elles plus pâles, ses traits fatigués ? Quels mots murmurer sept ans après ? Ferons-nous comme si rien n'avait changé ? Nous resterons longtemps sans parler. Puis, il sourira, se penchera légèrement vers moi. Je toucherai sa main ou lui la mienne. Il me serrera dans ses bras ou moi. Nous laisserons les douleurs de côté et nous partirons ensemble.

Il y aura des hortensias et des agapanthes l'été devant la maison, de l'aubépine courant les talus, des mûriers tout au long du chemin des collines. Nous nous moquerons de l'impatience des abeilles dans l'air chaud. Les oiseaux porteront nos rêves sur leurs ailes. Nous n'aurons plus peur de rire comme des enfants. Nous vivrons.

Je suis cette petite fille jouant à l'ombre projetée par la lumière de l'âtre. Elle dessine avec ses doigts un lapin courant sur les murs. J'avais cette chemise de nuit en coton blanc épais offerte pour mes cinq ans. Brodée de fleurs des champs. Je l'ai toujours. J'écrivais en m'appliquant leurs noms sur mon ardoise et sur chaque nouvelle page de mon cahier d'école. Marguerites, lilas, roses, bleuets, géraniums, jonquilles. J'allais en cueillir pour simplement les toucher du bout des doigts.

Je pouvais aller avec elles n'importe où sur la planète. J'entendrais les appels de ma mère me criant de ne pas aller aussi loin. Le chemin le long des murets grimpant la colline ouverte sur les bois, le sentier de la fontaine aux vielles pierres rondes rassemblant leurs forces pour soulever la terre, et la grand-route, celle des longs voyages, celle où je n'avais pas le droit d'aller. Je pouvais déjà en remplir mes nuits.

Des couleurs plus vives encore m'attendaient de l'autre côté du monde, dans l'autre moitié. Des arbres magiques, rouges et bleus, déplaçant l'horizon. Des personnages si hauts devant moi qu'ils me paraîtraient géants. Une foule en liesse s'engouffrant dans des rues d'un carnaval mystérieux. Tous à ma rencontre me caresseraient les cheveux. D'où venaient-ils ? De vallées mouillées par les pluies ?

De montagnes travaillées à la main en terrasses ?

Des enfants par milliers couraient partout. Je sautais, je riais avec eux sans comprendre leur langue. Nous avancions et le pays alors devenait presqu'île. J'avançais encore. Des îles aux eaux claires me précédaient où des goélands volaient une part de vent. Des feux s'allumaient au loin. C'est là qu'un vieux monsieur m'a tendu un ballon rouge à la peau épaisse en me disant « pars, sauve-toi, il est temps ».

Nous n'avons jamais été très « photos » dans la famille. Il y avait bien ce vieil appareil en accordéon ramené d'un marché du dimanche aux puces. Un « Pocket-Kodak » pliant, je crois, en aluminium gainé de maroquin avec objectif rapide, obturateur et tout, qui se posait sur pied. Je n'ai aucun souvenir de celui de mes parents, peut-être parce que nous n'en avions pas.

J'ai des clichés pourtant, mélangés en vrac aux lettres reçues, dans des boîtes à gâteaux au métal peint d'un autre siècle. J'y reviens souvent. Mon père n'avait pas une moustache hésitante, c'est le moins qu'on puisse en dire. Ma mère se faisait discrète, elle devait avoir horreur d'être saisie ainsi sur papier glacé. Je ne sais pas si c'est d'elle ou de lui que j'ai le plus hérité.

De toute cette enfance, maigrichonne avec cheveux tressés et grands tabliers gris d'école, à une adolescence, plutôt ronde et souriante, je garde des instantanés qui n'ont pour la plupart pas de dates. Des creux, des ombres. La famille, mains croisées ou posées sur une épaule. Je suis là près de mon frère. Il s'approchait de moi comme pour me protéger. Du flou parfois sur les visages de passage. Un tremblement infime à l'instant d'appuyer sans doute.

Beaucoup plus tard, nous, ensemble sur l'échelle montant au grenier. Toi, pas très grand, les bras puissants, légèrement voûté, la cigarette éteinte à la bouche. Ton front commençait à se dégarnir au retour d'Allemagne. Moi, en robe blanche légère, sandales aux pieds. Les cheveux mi-longs flottant. Deux sourires. Nous avions compté jusqu'à trois.

Sur celle-là, assis sur le bord du puits, dans nos trente ans je crois, je t'enlève un baiser des lèvres. Il fait beau. Ma mère nous regarde, les yeux rieurs, elle nous lançait des mots de bonheur.

Nous avions le temps
Tout le temps pour nous
Le sable de la rivière
Nous écrivait
Un monde reposé

L'air léger
Sur nos corps découverts
Et du sommeil ensemble
Nous ne savions pas
Encore vieillir

De ces années prisonnières comme des brèves semaines de guerre, tu ne voudras jamais parler qu'à demi-mots. Elles avaient été retranchées de ta vie. De longs trains aux wagons en bois, des gares traversées lentement, ces craquements sourds des rails, tous ces corps, épaules contre épaules, debout, tendus, sans destination. Les nuits, les jours vers l'Est. Vers quoi. Les arrêts. Descendre. Les gardes. De l'eau. Remonter. Des heures d'arrêt à travers de simples lucarnes.

Tout se confond. Les cahots. Le froid venant des montagnes, venant de loin. La neige cet octobre. Des baraques en planches et des tentes communes. Une quarantaine. Les barbelés. Je savais que ta douleur n'arrêtait pas, qu'il était impossible de t'en délivrer. Ce n'était pas seulement une question de mémoire. Mais une destruction lente et, dans ce face-à-face, inexorablement, à la fois l'épuisement et l'impuissance. J'ai appris cela de tes cauchemars et j'ai compris que les mots ne suffisaient pas pour dire qu'ils vous avaient déjà tués.

Quelques photographies, quand tu les regardais, arrêtées sur ton silence et auxquelles je revenais quand tu étais absent. Ici, à droite, adossé au mur, en long manteau au col relevé et semblant hésiter à cacher ton visage. Ta tête penche un peu. À peine trente ans et tu fais si vieux, si lourd. La lumière devait être très faible. Je la devine par la porte ouverte derrière toi. De la boue certainement sur tes bottes. Qui a pris cette image?

Là, vous êtes en groupe, calots sur la tête, certains accroupis les mains pendantes, relâchées, sur les genoux. Du bois fendu en tas. Il est tôt. Tu es debout, au milieu du rang, le front haut, plus vivant. Tu tiens un objet entre tes doigts mais je ne sais pas quoi. Les regards sont fixés sur l'objectif. Il fait beau, les visages éclairés. Pourtant, personne ne sourit comme si vous appeliez à l'aide en sachant qu'il était trop tard.

Ces petits formats maladroits, aux bords dentelés ou coupés droits, m'arrivaient quelques fois, rarement, d'un village au nom imprononçable. Je les ai avec moi, toujours. Vous travailliez dans une ferme, vous mangiez à heure fixe la même chose. Des soupes épaisses et de rares morceaux de viande. Les lettres devenaient plus fréquentes. J'envoyais des colis chaque mois. Je pleurais en suivant les jours.

J'avais décidé de me réfugier chez mes parents. Ton fils courait à l'école avec les autres gamins. Il en revenait souvent les coudes déchirés. Midi et soir, il s'arrêtait, interrogatif, à la porte. Il sautait dans mes bras, ses cheveux dans les miens en me serrant. Je crois qu'il t'a appelé des yeux toutes ces années sans le savoir vraiment. Il est maintenant plus grand que son âge. Ton portrait craché, me disait ma mère.

Il faut du temps pour apprendre à vivre. À le conjuguer au présent et au futur sans compter, nous arrivons au bout sans nous en apercevoir. Et se retourner ne rassure guère. L'habitude a été perdue de ne rien faire. Simplement s'arrêter. S'interdire de bouger, ne serait-ce qu'une minute. Fermer les yeux, les remplir de petits bonheurs volés, des odeurs du monde laissées à la porte.

J'entends maintenant parler du temps libre, cette nudité du vide qu'il semble absolument vital d'habiller de loisirs. Je n'avais pas compris au début que ce temps-là coulerait entre nous et nous séparerait encore plus. Chacun son trottoir à courir droit après le pouvoir, l'argent ou je ne sais quoi encore. Et jusqu'au troisième âge. Chacun y perd son histoire et aussi celles des autres.

Plus personne ne se glisse en cachette dans l'instant, cette faille minuscule, cette fenêtre ouvrant sur un continent humain mystérieux, passionnant, totalement disponible, quand cet instant est justement une vie à laquelle donner forme, y nouer ses propres images puis les mettre en commun. Ne reste que l'adrénaline à passer dans les veines, les courses où l'accélération supposée prétend être décisive, les sauts élastiques soi-disant parés d'émotions maximales, ou encore les fêtes de nuit encombrées de paillettes effervescentes.

Du faux coulé dans des habits d'imposture. Des chimères.

Comment convaincre qu'une vie peut naître en une seconde si cette seconde nous ne la voyons pas, si nous ne savons plus où elle s'écoute, ni même comment elle s'écrit. Ces temps infimes – une robe couleur violette, un rire de rencontre, la pierre tiède dans l'air du soir – des micro-évènements, trois fois rien en somme, en les ajoutant, nous pouvons en faire mille méandres qui trouvent leur paysage, nous abandonner à cette musique si particulière de l'eau dans son ébauche patiente, et nous approcher lentement de nous. Comme ça, le temps d'une seconde, un pas, un battement, un mot. Il suffit alors de les emporter ensemble dans un lieu sûr.

L'angoisse de nouveau présente et aucun mot en échange. Personne. Pas un seul regard à partager. La solitude est impossible sur un temps aussi long. Des mois, des années à attendre des heures blanches et noires. Chaque matin et tous les après-midi, des heures sans heures jusqu'à la nuit.

Le silence. La porte fermée. Les feux peuvent prendre les branches basses et craquer l'air des collines, ce n'est rien, ils s'éteindront eux aussi. Ils ne m'ouvriront pas grand les yeux, ils ne sont plus pour moi.

Qu'aurais-je à lui raconter si quelqu'un vient ? Mon journal d'hier est pareil à celui d'aujourd'hui. Je lui dirai « écoutez-moi » sans avoir rien à dire. Personne n'a besoin des vieux. De leurs mots passés, répétés, les mêmes, des mots sans mots.

Je sourirai. Lui demanderai des nouvelles de passage. Du temps et des voix que je n'entends plus. Il ou elle posera sa main sur la mienne, une main jeune. Je prendrai des doigts sa chaleur. J'arriverai à oublier la peur ou à faire comme si je l'oubliais.

Hier en m'endormant, je me séparais de tout. Je déchirais nos photos. Je t'effaçais ainsi de mes nuits. Du temps perdu où nous parlions ensemble. De tout, de rien, de la vie qui va ou pas. Suivre le courant vers l'amont n'apprend pas à sortir de l'eau. Je m'y enfonce. Aspirée entre deux parois verticales et sombres, effrayée de couler si vite. Je ne vois plus qu'à tâtons.

Tu n'aurais pas dû me quitter si tôt. Je t'en veux. L'angoisse est si proche de la mort. Même les vieux devraient aller par deux pour partir. Maintenant, quand le corps fait défaut, la tête ne sert plus qu'à apprendre qu'ici aussi meurent les vivants.

Y a-t-il des mots de passe
Derrière le bruit de l'eau
Dans sa mémoire
Un couchant
Que j'ignore
Une lumière pour mieux voir
Des feux de quart en mer
Et ces fous de bassan
Suivant la nuit au loin
Du printemps à l'hiver
Ces mots je les attends
Ils s'approchent
Je les entends déjà

Mourir peut-être
Sûrement
Un mot juste prononcé
Un corps juste enfoui
Ou brûlé
Un jour gris
Un jour sans jour
Se laisser couler
Là, comme ça
Entre les murs blancs

Ouvrages déjà parus dans la collection :

- Zajals
Abdelaziz Kacem
- Ravines enfiévrées
José Toribio
- Appelons-la Marie. rencontre avec Marie Lefranc
Jean-Louis Coatrieux
- Voyage de l'Ombre à la Lumière
Pierre Jacquemin
- Narghilé, Jazz et autres millefeuilles
Didier Paquette
- Rythmique incandescente
Jean-Robert Léonidas
- Paroles d'une île vagabonde
Dominique Deblaine
- Une maison à l'ouest d'à peu près tout
Sébastien Kérel
- Transhumances
Louis-Philippe Dalembert
- Keremma
François Lunel
- Chants de l'heur et d'ailleurs
François-Pierre Nizery
- Éloge de la contemplation
Lyonel Trouillot
- Rue du théâtre français
Sara Vidal
- Comme partout ta réverbération
Alain Sancerni

LA COLLECTION LITTÉRAIRE ARPENTS

Collection dirigée par François-Pierre Nizery

Arpents, ce n'est pas simplement une « collection » de livres, c'est une livrée collective (le collectif est l'une des marques des éditions *Riveneuve*) qui prolonge l'esprit de la revue *Riveneuve Continents* en réunissant quelques arpenteurs de ces lieux mystérieux que sont les rêves et leurs contraires, les dessous du monde palpable qui déchire et enivre, tout ce qui nourrit l'esprit poétique.

Chaque auteur publié dans cette collection a sa façon à lui de nourrir cet esprit. La poésie des mots ne connaît pas les frontières du style. Elle peut se réfugier dans les vers et les rimes, quitter les rimes et aborder les rives inconnues des morceaux de paroles qui se croisent et s'entrechoquent sans se soucier du rythme et du sens, explorer la prose romanesque, celle des récits ou même des essais.

Arpents, c'est un espace littéraire où se déroule le fil invisible qui relie des écrivains de tous horizons, cheminant sur leur route, cultivant leurs arpents de terre d'insolence, prenant par la main leurs lecteurs et les invitant à y planter leurs propres radicelles.

Achevé d'imprimer en mai 2014
par la Sté ACORT Europe
www.cogetefi.com

Dépôt légal à parution

Imprimé en France